Heimito von Doderer

Seraphica – Montefal

HEIMITO VON DODERER

Seraphica
(Franziscus von Assisi)

Montefal
(Eine avanture)

Zwei Erzählungen
aus dem Nachlaß

Herausgegeben von
Martin Brinkmann
und Gerald Sommer

Mit einem Nachwort von
Martin Brinkmann

VERLAG C. H. BECK

©Verlag C. H. Beck oHG, München 2009
Satz: Fotosatz Reinhard Amann, Aichstetten
Druck und Bindung: GGP Media GmbH, Pößneck
Gedruckt auf säurefreiem, alterungsbeständigem Papier
(hergestellt aus chlorfrei gebleichtem Zellstoff)
Printed in Germany
978 3 406 58466 4

www.beck.de

Seraphica
(Franziscus von Assisi)

INTRODUCTION.

Umbrische Landschaft.

Das Land ist gelb, grau, bergig, bald geöffnet, auch wenn
man nicht allzu hoch steigt. Auf allen Lehnen und Hän-
gen wandern die Ölbäume in lichten Reihen, so daß immer noch der gelbe Grund in der Sonne dem blauen Himmel entgegenruht. Die Ölbäume aber ziehen doch viel
feinen grünen Schaum über das Land, sie ziehen nach den
verschiedensten Richtungen, ein Feld dorthin, eines dahin, ein Zug querüber, also daß ein breiter Berghang viel-
geteilt zerfällt. Selten erhebt sich das Grün, nur Senkun-
gen sind mit Laubwald bewölkt, indessen gipfelt die Farbe
doch ab und zu voll und scharf ausgesprochen in einzelnen Zypressen: grün. Auch ein verstreuter Wiesenstreif
spricht da und dort: grün, grün. – Die fernen Einzelge-
räusche in belebter Landschaft, welche dem auf erhöhtem
Punkt stehenden Wanderer rundumlagernde Ganzheit
des Lebens andeuten, sind hier von nächster Nähe bis zu
fernster Ferne in Stille und Hellhörigkeit unter dem Himmel verteilt.

***

Seitwärts sinkt der Berg in einer Falte steil ab, schneidet
schräg durch die Ebene, welche als Teppich dahinter auf-
gehängt ist: und auf diesem Teppich sieht man dargestellt:
Häuserhäufchen und Einzelhäuser, Felder, Wein und Öl,

Straße, Flußbett, und was der Mensch sonst hat zu leben. – – Ölbäume, an der Bergkante herabsteigend, teilen
es in einzelne belehrende Bildausschnitte.

＊

Assisi.

Viel fensterlose Mauern machen oft die schmalen Gassen zum Schlauch, der mit engem Atem sich steil hinaufkrümmt: da und dort wieder ein Fenster, bei dem man herauswohnt, in dessen Rahmen sich Helleres zeigt, und dann plötzlich: welche Steilung und Eingeschlossenheit unter dem Torbogen! Viele Häuser lassen unten durch, bei Nacht ist's ein verworrenes Geflecht und überall kann man Stufen hinabsteigen – manchmal aber glaubt man, in einer von den ganz großen Städten zu sein, da das Licht der Straße noch hoch dort oben am Stein irrt – – mit solchen Sprüngen drängt sich die Stadt bergan; und dafür rutscht oft die andere Gassenseite tief hinab oder sie fällt ganz aus und statt ihrer ist – – – –

– – – – die Ebene unten, die von fernen Bergrändern gezogen kommt, weither, wie ein übermäßig breiter Strom kommt sie und trägt Weinspaliere vom Horizont her und Häuserhäufchen und den grauen Schaum der Ölbäume.

Oft, wenn solch ein Gassenschlauch (wie ein Laufgang in einer Festung) biegt: dann setzt plötzlich alles aus und herein stürzt, strömt der mächtige Luftraum und – – –

– – – – die Ebene; da und dort faßt sie sich auch als zierliches Fernbild in einem Torbogen zusammen. – Von überallher aber hängt und drängt der Wein und senkt blaue Trauben oft in die Gassen tief ein wie Lote, und zwischen den runzligen Dächern, aus den Höfen, steigt wieder der graue Schaum der Ölbäume wie Wolken.

***

Aber alles ruht plötzlich um einen einsamen Platz und die gewundenen Gassen haben sich hier geglättet und gesammelt; der Himmel ist nicht in Stücke zerteilt, sondern schließt mit voller Wölbung und dichtem Blau ab: und dies alles scheint noch einmal zusammengenommen und rundgefaßt in dem ausgezierten Radfenster der Kirche.

***

Zwei Strebebogen halten noch den Blick – aber dahinter springt er aus der engen Gasse und stürzt Stufe nach Stufe dächerab in Gewölk, Tiefe, Dunst und Ebene hinaus; dieses ganze Gäßchen aber singt einen Chorus der Nähe und des Tages: es klimpert und klopft vom Handwerk, der Himmel knallt fest blau herein, und zwei hübsche Mädchen steigen die Gasse hinab – und damit gleichsam in die Ebene hinaus und in ein Bad von Ferne hinunter.

***

Der Hintergrund.

Dunst, der in die Ebene verschwimmt – –
Was wir setzen, ist uns bald genommen,
Tat und Denkmal aus dem Strom gekommen,
Der zu fernen Rändern weiterrinnt – –
Dunst, der in die Ebene verschwimmt.

Zwing die Welt in Deine beiden Fäuste:
Hast Du nicht das Meiste bloß, hast Du selbst Alles
Übergriffen, eingetan, daß nichts mehr sinnt,
Dessen Sinn nicht schon bei Dir beginnt – –

Nur die Landschaft weicht Dir in die Weite,
Bleibt im Strengsten noch die Leichtverstreute – –
Dunst, der in die Ebene verschwimmt.

***

I.

Diese Blätter geben Bericht über Leben und Wesen des
Franziscus von Assisi. – In Zustände gegebener Zeit – es
war gegen das Ende des zwölften Jahrhunderts – und Um-
stände der Herkunft hineingeboren und hineinwachsend
wie Jeder, blieb er lange gleichsam gestaltlos, den bereit
liegenden äußeren Gleisen folgend: sein Vater war in Assisi reicher Handelsherr und angesehener Bürger, Franziscus trat frühe in's Geschäft und sollte bald – ein Bericht
sagt «noch frecher als sein Vater» – besondere Geschick-
lichkeit zeigen. Indessen gab es nicht Dürre des Wesens
bei ihm; die Kräftemasse, die später zum Strahl in eine
Bahn gesammelt durchbrach, erschien anfänglich als stolze
Lebensfreude, gleichsam drangvoll in Prunk, ritterlichem
Spiel, Freundschaft und jungem Jubel immerzu sprudelnd:
so ging er zielsuchend für große Taten, verlangend nach
Ruhm, freigebig gegen jeden Armen, stets in Freuden und
verschwenderisch lebend: der Gelage bunte Farben und
die reizenden Klänge der Viola säumten diese rauschen-
den Zeiten. Dazwischen kam Krieg mit der feindlichen
Stadt Perugia und Gefangenschaft daselbst während eines
traurigen ganzen Jahres: aber seine Heiterkeit wurde dort
nicht gemindert und kam oft erfrischend über die verza-
genden Freunde. Merkwürdig genug, er fühlte sich einer
großen Zukunft gewiß und er sagte dies damals auch in
bestimmtester Weise. – Hoch gingen die Feste nach der

Rückkehr, Franziscus lebte mit gedoppeltem Schwunge. –
Eine Krankheit traf ihn, er lag lange und gesundete wieder; beim ersten Spaziergang nach der Genesung gab es
ein Geschehnis, das kaum beim Namen genannt werden
kann, der Nichtigkeit wegen: die Landschaft vor der Stadt
draußen schien ihm verändert, wenngleich doch alles
ebenso stand, lag, sich dehnte und in der Ferne entschwand
wie früher; indessen, das Antlitz der Gegend fühlte er gewandelt, und traurig: den Hintergrund seiner früheren
Freuden erkannte er nicht mehr in diesen Hügeln, Weingärten, Olivenfeldern, Gehöften. Er sann und horchte in
sich hinein in wortlosem Denken. Bald aber schlug das
nach außen um, mit deutlicher Mißgunst: er fand jetzt den
oder jenen seiner Freunde armselig platt. – Die völlig wiederhergestellte Gesundheit indessen brachte frühere Freuden in reichem Maße, und mit erfüllten Sinnen vergaß er
des Anhauches wieder.

**

Kriegerische Bewegung erhebt sich, Walter von Brienne
zieht in den Süden Italiens gegen die Deutschen, für die
päpstliche Sache: dahinein mündet des Franziscus Tatendrang, er rüstet in prächtiger Weise. Diese bewegten Tage
ergreifen ihn ganz, bis in Schlaf und Traum fühlt er neues
Leben, das nun tatenreich kommt. Einmal sieht er im
Traum den großen Tuchladen seines Vaters ganz voll von
blitzenden Waffen, ein Zeichen guter Vorbedeutung, da
jetzt aus dem Kaufmannssohn ein Ritter werden soll: so
auch will er es verstehen. Indessen, da ereignet sich etwas

fast nichtiges, etwas kaum merkbares, er kann es nicht namentlich nennen:

Wieder verändert die Landschaft ihr Antlitz: diesmal aber ist es die innere Landschaft der Seele, die Landschaft seiner eigenen Stimmung, mit den gleißenden Wunschgipfeln und weichen Traumtälern, den eilenden Willensströmen und den stilleren Seen der Besinnung; ihr Antlitz fühlt er gewandelt, die Bewegung versiegt. Ein kurzes Stück des Weges erst hinter sich, kehrt er, eben zum Kriege ausgezogen, nach Assisi zurück und seine Eitelkeit erträgt verwunderte Fragen, gutmütigen Spott. Daheim umfaßt ihn bald wieder die Schale früheren Lebens mit geselligem Zeitmaß. – – –

Dennoch, in denkwürdiger Zeit, die nun folgte, fühlte er sich dem nicht mehr völlig eingefügt. Ahnung seiner selbst hob sich mit steigendem Druck aus innen, lockerte schon die Angeln seines Lebens, meldete sich schon als Drang und Sehnsucht nach Durchbruch verhüllter Gestalt durch Schutt des Äußeren, Zufälligen, Umständlichen. Mitten in durchschwärmter Nacht tritt es ihn schmerzvoll an, die spottenden Freunde finden ihn endlich wieder, in einer einsamen Gasse, ihr Gelächter scheucht seine Versunkenheit. Die Bahnen äußeren und inneren Lebens, nicht mehr gleichlaufend, streben drangvoll immer mehr auseinander; er zerspaltet, tritt entzwei, sieht sein anderes Teil, und aus Verwirrung der Gefechte hebt sich schon Grundpfeiler künftigen Wesens: Verachtung seiner selbst. «Er begann sich selbst zu verachten», sagt der älteste Bericht. Bald zeigt die neuerwachte Gewalt in ihm ihr wahres hartes Gesicht, das nicht unbestimmte Sehnsucht sein konnte, vielmehr nur in der Tat Leben gewann und geradewegs zu ihr hinriß. – – Gräßlicher Ekel war dem Empfindlichen stets mit jedem Gedanken an die Aussätzigen gekommen, die draußen vor der Stadt in ihrem Asyle lebten, lebendige Fäulnis; stets hatte er die Gegend jenes Hauses in weitem Umkreis gemieden. Einmal jetzt, auf einem Spazierritt, blickt er auf: und sieht eine der von Schwären bedeckten Gestalten am Wegrand. Hinter das Bild vor dem äußeren Auge springt in ihm die Entscheidung aus innen. Der Ekel würgt; aber Franziscus gleitet aus dem Sattel (wie herabgerissen), er nähert sich dem Kranken – schon dringt der Gestank des verwesenden Fleisches in die Nase – es genügt indessen nicht die reichliche Gabe: hart geschah Gottes Hand über dem Werdenden: halb ohnmächtig und doch glühend schon im Feuer der Überwindung küßt er innig und voll Demut die Hand des kranken Menschenbruders. Der Triumph durchrast ihn nach geschehenem Durchbrechen gestaltloser Masse bisherigen Lebens; indessen, weit langt die Kraft noch nicht. – In's Dunkel zurückgleitend, dem Lichte nachtappend, verbrachte er viele Stunden in einer einsamen Höhle vor der Stadt, doppelten Abgrund ahnend, den Abgrund von Licht da drüben, den Abgrund von Schwäche, Trägheit und Dunkel hierinnen.

Weit war noch die Zeit, da er, gewölbten Bogen des Vollbrachten in Bescheidenheit überschauend, sein Testament mit den Worten begann: «Der Herr gab mir, dem Bruder Franziscus, solchermaßen die Buße zu beginnen: weil es mir, als ich in Sünden stand, allzu bitter schien einen Aussätzigen auch nur zu sehen, führte mich der Herr selbst unter diese und ich erwies ihnen Barmherzigkeit. Danach aber wurde, was mir vordem bitter schien, in Süßigkeit für Leib und Seele verwandelt. Später verblieb ich noch ein wenig im Weltleben und dann schied ich davon.» – – –

Einmal, in jener ersten Zeit der Verwandlung, betete Franziscus in St. Damian, einer halbverfallenen Feldkapelle unweit von Assisi; da gab endlich die vielbestürmte und unerbittliche Stille ein Zeichen – in Worte übertragen: «Geh' Franziscus und bessere mein wankendes Haus!» Er verstand es auch wörtlich und bemühte sich sehr, dem Priester des Ortes einen hohen Geldbetrag aufzudrängen, damit das kleine Gotteshaus wieder hergestellt werden könne; der Alte aber verharrte standhaft im Mißtrauen dem wohlgekleideten Burschen gegenüber, lehnte das Geld ab, erlaubte aber dem Franziscus hier bei St. Damian zu bleiben: wo dieser dann aus Welt und Zeit zuinnerst herausstieg. – Als er indessen wieder einmal nach Assisi kam – zur Freude der Straßenjugend wie traumwandelnd, körpervergessen und verwahrlost – da mußte seinem armen Vater, dem Pietro Bernardone, die Geduld mit den Schrullen des Sohnes ausgehen: von Schmerz und Zorn tief aufgewühlt und bis in's Innerste gekränkt, sperrte er Franziscus in ein Kellerloch seines Hauses. Späterhin durch die Mutter befreit, kehrte Franziscus gleich wieder zur Feldkapelle zurück; Pietro Bernardone gab nun den hartnäckigen Narren auf und verbiß als Mann seinen Schmerz; indessen wünschte er eben darum auch reinliche Trennung, was die Rechtsgüter anging: Franziscus sollte gerichtlich allen künftigen Ansprüchen an das Elternhaus entsagen, deren er ja durch seinen närrischen Lebenswandel sich völlig unwert zeigte. – –

So war der Zwiespalt offenbar geworden, der äußere Scheideweg da, wo doch der innere Kampf vielfach noch schwankte und stand; letztes Stückwerk des Umständlichen und Zufälligen mußte fallen, wahre Gestalt hervortreten. – Vor dem Bischof von Assisi ward der Gerichtsakt zwischen Vater und Sohn öffentlich durchgeführt: Pietro Bernardone verlangte zurück, was sein Sohn noch an Geld besaß, und dieser entsprach dem Verlangen bis auf den Grund: er entkleidete sich gänzlich und legte das Geld auf seine Kleider; neuherausgeboren aus der Schale früheren Lebens verließ er die Stadt, einen alten Gärtnermantel um die Schultern, welchen der Bischof ihm noch geschenkt hatte. Zweiter Grundpfeiler seines Wesens stand: die Armut. Heimatlos, unbeschwert, unangreifbar weil nichts bergend und haltend, tieflebendig wie Feuer und freiflüssig wie Wasser mündete er in ein neues Leben, das nun aus ihm hervorbrach wie der Frühling damals aus der Erde: das Geschehnis vor dem Bischof von Assisi fiel in den April des Jahres 1207. In Wanderschaft und Singen schwang die Bewegung fort; aber schon forderte sein Weg handgreifliche Tat: Der namenlos Gewordene dient seinen kranken Brüdern, den Aussätzigen. Als Bettler empfing er selbst wieder Wohltaten, jemand schenkte ihm einen groben Rock, Gürtel und Sandalen und Franziscus sah damit aus wie ein Einsiedler: aber er war es nicht, er lebte mit den vielen Kranken, seine Hände waren bei Tag und Nacht mit deren Pflege beschäftigt. – Geheimnisvoller Auftrag zwang ihn endlich wieder zurück nach St. Damian. Zur

Ausführung entschlossen bettelte er nun in den Straßen seiner Vaterstadt um Kalk und Steine für den Bau, um Brotreste für seinen Unterhalt. Er zertrat letzte Eitelkeit in sich: seine Freunde von ehemals feiern ein Gelage, er hört und erkennt ihre Stimmen – er betritt das Haus und bittet auch sie um ein Almosen für die Kirche; seine Einfachheit nimmt jedem Spott den Boden. – Das Maurerhandwerk hatte Franziscus früher einmal erlernt, als beim Neubau der Stadtmauern von Assisi die Ehre des jungen Bürgers gefordert hatte, mit Hand anzulegen. – Sein Leben wurde ruhig und gestillt, zwischen Tagesarbeit und Versenkung ins Gebet gleichhinfließend, und er glaubte auch nicht, daß es sich irgendwie ändern müsse: kein Fremdkörper drückte mehr in seiner Seele, die sich befreit hatte. – Als nach langer gleichmäßiger Arbeit St. Damian gründlich ausgebessert war, fand Franziscus eine zweite Aufgabe: Santa Maria degli Angeli, auch «Portiuncula» genannt, eine kleine Kirche, ebenso halbverfallen. Er scheute die Untätigkeit und hat damals noch andere ärmliche Gotteshäuser, die von der Zeit mitgenommen waren, wiederhergestellt. –

Eines seiner anfänglichen Gebete ist aufgezeichnet und hat so gelautet:

«Großer und ruhmreicher Gott und mein Herr Jesus Christus, erleuchte, ich bitte Dich, die Finsternis meines Geistes. Gib mir den rechten Glauben, die sichere Hoffnung, die vollkommene Liebe. Mache, daß ich Dich erkenne, so daß ich alles in allem nach Deinem heiligen und wahrhaften Willen vollende.»

Denn die Kirche war ihm würdige Hülle um Kelch und

Brot und das Meßopfer ließ ihn zutiefst erschauern; von da auch kam die neue Bewegung in sein eingezogen-arbeitsames Leben, die letzte Entscheidung, welche hinaus in Zeit und Welt und Sichtbarkeit wandte, was in der Stille gewachsen war: denn bis jetzt noch stand er in anfänglicher Bewegung, in erstem Erglühen, das niemand ahnte, das sich selbst nicht kannte, vor aller Entfaltung: der Hände Werk im Vordergrunde seiner Tage überdeckte bescheiden noch Namenloses. –

Früh am Morgen einmal, ehe der Tag ganz herauf war, hörte er in der Portiuncula die Messe. Es war am 24. Februar des Jahres 1209, am Feste des Apostels Matthias.

Der Priester las aus dem Evangelium diesen Text:

«Geht, predigt und sprecht: Das Himmelreich ist nahe! – Macht die Kranken gesund, reinigt die Aussätzigen, weckt die Toten auf, treibt die Teufel aus. Umsonst habt ihr es empfangen, umsonst gebt es auch. – Ihr sollt nicht Gold, noch Silber, noch Erz in euren Gürteln haben; auch keine Tasche zur Weg-Fahrt, auch nicht zwei Röcke, keine Schuhe, auch keinen Stecken. *Denn ein Arbeiter ist seiner Speise wert.*»

Das Wort löste ihn los, löste gleichsam eine letzte Gehaltenheit seines inneren Auges während dieser stillen letzten Zeit: nun brach er durch diese letzte Wand: «Das ist, was ich will! Das ist, was ich suche! Das ist, was ich mit allen Fasern von Herzen zu tun begehre!» Er wirft den Quersack, die Sandalen, den Gürtel weg. – –

Mit zweiter scharfer Wendung ist sein Schicksal entschieden: in Zeit und Tod eigene Glut ein Stück weit vorzutreiben, in Länder und Jahre; was hierinnen gewachsen war, sollte dortaußen Folge und Wirkung haben, sich ergießend. – Der heraufgerückte Tag findet ihn auf dem Weg.

***

Das Feuer griff zunächst in seiner Vaterstadt um sich. Seine Predigt war einfach. Er sprach vom Frieden. «Gott gebe Euch Frieden», sagte er. Man sah einen Menschen, der aus allen Nöten der Begierden, der Freundschaften, Feindschaften, aus Haß, Neid, Habsucht kurzerhand ausgestiegen war, der seine Eitelkeit samt dem allen weggeworfen hatte wie Gerümpel, Schutt und Kehricht; man sah einen Menschen in Freiheit; man hörte den Ruf des Lebens, man rührte sich unter den Trümmern, man sah die tausend kleinen Lasten an, die man trug, die Bedürfnisse, die man befriedigen zu müssen fest geglaubt hatte und die einem das Pfund des Lebens – ein einzigesmal gegeben! – kleinweis entwanden.

Viele erhoben sich aus ihrem bisherigen Dasein wie aus einem Grab. Bernhard von Quintavalle, ein reicher Bürger, stand auf dem Kirchenplatz von St. Georg und teilte aus, was er hatte, bis auf den letzten Rest, den Erlös aus allen seinen Häusern, Gärten und anderen Besitztümern: mochte sich damit belasten, wer es wollte; zugleich auch mit dem vielverstrickten Netz von Pflichten, Beziehungen, Sorgen, Gewinn, Verlust, Ehrgeiz, Anfeindung, das daran hing. – Pietro Cattani, Jurist und Kanonikus, tat dasselbe wie Bernhard. Als Quintavalle vor der Kirche stand, ging ein Priester vorbei, Silvester genannt; er sah

23

dem unerhörten Schauspiel zu (wie da Geld vollhändig verteilt wurde wie Kirschen unter Kinder) und als er Franziscus hier fand, meinte er giftig: «Du hättest mir die Steine für St. Damian, die ich Dir lieferte, auch besser bezahlen können!» Alsbald hatte er die Taschen mit Geld vollgestopft. Dieser selbe Mann warf später ebenso alles von sich und folgte dem Franziscus nach. – Die Armen hatten gute Tage, aber dies war nur ein Blatt am Baum neuen Lebens. – Die Männer aber, von denen hier erzählt wurde, haben während ihrer ganzen übrigen Jahre kein Geldstück mehr berührt und nicht mehr besessen als den Kittel auf dem Leib. Sie arbeiteten mit ihren Händen für den Unterhalt oder bettelten: es schien ihnen dies ein kleiner Preis für das höchste Gut: nichts mehr zu haben oder zu wollen, was zur Trennungswand gegen ihre Menschenbrüder oder zur Ausflucht vor Gott werden konnte. Hunderte und dann Tausende folgten ihnen späterhin.

Indessen, als der Erste an Franziscus herangetreten war mit jener Frage, die den Geist in die Zeit wendet und zum Eingriff in's äußere Leben: «Was sollen wir also tun –?!» – Da hatte er nicht selbstherrlich geantwortet. Was sollten sie tun? Was denn? Das Nächstliegende: Beten! Sie gingen in die Kirche – zu Dritt, schon war Pietro bei ihnen; und schlugen dann dreimal das Evangelium auf, wie ein Orakel. Sie trafen auf diese Stellen:

«Willst Du vollkommen sein, so geh' und verkaufe, was Du hast, und gib es den Armen, so wirst Du einen Schatz im Himmel haben und komm und folge mir nach.»

«Will mir jemand nachfolgen, der verleugne sich selbst und nehme sein Kreuz auf sich und folge mir.»

«............Und gebet ihnen, daß sie nichts bei sich trügen auf dem Wege.»

Danach erfüllten sie das Gehörte. – – –

***

Die Befreiten wandten sich mit Franziscus von der Stadt. Bei der Portiuncula ließen sie sich nieder, in leichter Hütte aus Zweigen und Lehm, die kein Haus und Heim war, nicht starr und fest, ein Zelt nur. Ein neuer Bruder kam hinzu: «Ägidius stand frühe auf, um sein Heil besorgt –» so sagen die alten Berichte; ein Jüngling aus gutem Bürgerhause war dieser; eines Abends hatte er in seinem Kreise von den aufsehenerregenden jüngsten Vorgängen sprechen gehört. Am nächsten Morgen schon trat er in die neue Bruderschaft und warf die irdische Last von sich. – Dieses Frühjahr 1209 und der Sommer sind nicht Jahrzeitwechsel nur gewesen, sie brachen aus dort in Umbrien und leuchteten von innen. – Männer im Bauernkittel mit bloßen Füßen stehen auf den Piazze der Städte, auf Kirchenstufen, bei Wegkreuzen. Ihre Rede ist einfach: «Gott gebe Euch Frieden», sagen sie, und Friede geht von ihnen aus, der nicht getrübt werden kann durch Spott, Steine, Kotstücke, Prügel: sie strahlen dennoch, Gutes kommt da geheimnisvoll und mit sanfter Gewalt; Männer und Frauen lachen, und da weinen sie jetzt plötzlich und man erkennt, daß diese und jene strittige Sache, diese und jene Feindschaft bei einigem guten Willen von beiden Seiten geschlichtet werden kann, und, wunderbar genug, der gute Wille ist da, ist geheimnisvoll geweckt, wächst, wirkt.

«Gott gebe Euch Frieden.» Dieser sonderbaren Menschen – Waldmenschen nennt sie ein Zeitgenosse – werden immer mehr, sie sind überall, sie dienen, sie helfen, sie rakkern sich um Anderer willen, und was über ein paar Brotbrocken und Abfälle hinausgeht, scheint ihnen schon zu viel und Last. Sie sorgen nicht und denken nicht an den nächsten Tag. Sie besänftigen, sie gleichen aus, sie helfen handgreiflich, pflegen Kranke, nehmen Armen die Mühe ab; sie bleiben nirgends, gehen ungedankt, sind immer vergnügt, singen laut und freuen sich ihres Lebens in kindlicher Weise, die Staunen erregt. Gefragt, welchem Orden sie angehören, wissen sie keine rechte Antwort und erkennen bei solchem Anlaß, daß ihre Bruderschaft gar keinen Namen hat: «Wir sind aus Assisi und tun Buße für unsere Trägheit vor Gott, für unsere Schlechtigkeit und Härte gegen die Menschen.» – Denn, allein und in Ruhe, da schlägt ihre Kraft nach innen, in sie selbst zurück und das Licht der Beschauung zeigt ihnen die Erbärmlichkeit der eigenen Seele, den Morast von Eitelkeit und Bestrebtheiten, in dem sie noch bis zum Halse stecken; so wird auch der letzte Rest vom Verdienst guter Tat, auf den sich einer von ihnen etwa zuinnerst stützen möchte, als Täuschung erkannt und ohne Erbarmen weggeräumt; nichts schmeichelt der Seele, die sich eins fühlt mit jedem, auch dem verworfensten Menschen, die sich keinen Zoll über ihn erhebt: am Abgrund von Licht dort drüben gemessen ist alles hierinnen gleichschwarze Nacht. Franciscus sagte einmal: «Wo immer wir sind und gehen haben wir die *Zelle* mit uns. Der ‹Bruder Leib› ist unsere Zelle und die Seele ist der Einsiedler, welcher darinnen weilt, um Gott zu bitten und sich in ihn zu versenken. Wenn aber die Seele nicht stille in ihrer Zelle bleibt, dann nützt ihr auch eine mit Händen erbaute Klosterzelle wenig.» –

Mittelpunkt blieb Assisi, von wo die Wellen in wachsenden Ringen durch Länder und Jahre gingen, zu jener Zeit noch in sich geschlossene, in eigener Reinheit ruhende Ringe, späterhin erst durchbrochen, unruhig und durchkreuzt verzitternd. – Als die Zahl der Brüder sich mehrte, verließen sie die Portiuncula und versammelten sich zu Gebet und Schlaf in einem alten Schuppen beim «Rivo Torto»; dies war ein Bach, der dort Krümmung und Bucht hatte. Die Kirche ersetzte ein Holzkreuz vor der Behausung. Sie schliefen dort so arm und eng, daß jeder Mann ein Kreidezeichen am Balken über seinem Kopf haben mußte. Die Liebe jedes einzelnen Bruders zu allen übrigen kannte keinerlei Grenzen; ihr Friede stand wie hochgewölbte Kuppel über der Hütte. Auch diese Hütte war kein festes Haus, die Brüder blieben frei durch ihre Armut und schliefen ohne Betten auf dem Boden, als hätten sie auf einer Wegfahrt eben nur für eine Nacht hier Unterschlupf gesucht. Alles um sie herum sollte «die Pilgerschaft aussingen» – so war es im Sinne des Franciscus. Sie hielten nichts fest und sie behaupteten nichts für sich; als einmal ein Bauer den verlassenen Schuppen für geeignet erkannte, um auf billige Weise zu einem Stall zu kommen, räumten sie den Ort sogleich, obwohl er ihnen förmlich zum Gebrauch übergeben worden war. Zur Portiuncula zurückkehrend – und diese blieb fortan und für folgende Jahrhunderte Mittelpunkt der Bruderschaft – bauten sie eine Niederlassung, die man nicht Kloster nennen kann:

so wenig fest, so ärmlich, leicht und gleichsam flüssig war
sie: Hütten aus Lehm und Zweigen, eine Hecke herum,
alles stets abbruchbereit; kein Kloster – sie nannten es
auch nicht so; nichts Festgesetztes, nichts, was dem Geist
der Pilgerschaft auf Erden wäre zuwider gewesen. Und so
wie diese, so wünschte Franziscus jede Niederlassung der
Brüder, wenn eine solche schon der steigenden Zahl und
des Zusammenhaltes wegen unumgänglich war...............
Denn jetzt griff das Feuer erst recht aus. Rasch wurden es
Hunderte, bald sollten es Tausende werden. Einmal, nach
einer Predigt, wollte ein ganzes Städtchen sich Franziscus
und den Brüdern anschließen. «Ecco il Santo!» «Seht den
Heiligen!» riefen die Menschen, wenn er kam, und schlugen sich um einen Platz, um ihn sehen oder gar sein Kleid
berühren zu können. Auch Frauen warfen die irdische
Last ab; ihre Führerin war Clara Scifi, eine junge und
schöne Patrizierin aus Assisi. – Endlich bekam auch die
Bruderschaft einen Namen...............

Franziscus hatte – noch am «Rivo Torto» – eine Le-
bensregel für seine Brüder und sich selbst niedergeschrie-
ben; sie enthielt fast nichts anderes als Sätze aus den Evan-
gelien mit kurzen und einfachen Ermahnungen und
Bestimmungen. Er ließ sich diese «Regel» täglich vorlesen
und wollte, daß auch jeder andere Bruder sie täglich lese,
höre oder erinnere. Später war diese Regel dann, dem Bedürfnis entsprechend, erweitert, deutlicher und mehr in's
Einzelne gehend aufgesetzt worden..... Einmal lasen sie
gerade jene Worte aus dem siebenten Kapitel, welche so
lauten: «.......sie sollen kleine Leute sein und allen untertänig......» – Da hatte Franziscus den Namen für die Bru-

derschaft gefunden: «Der Orden der kleinen Brüder» – «Die Minderbrüder» – – «Die Minoriten»: jene Stelle der Regel lautet nämlich lateinisch: «Sed sint minores.»

Im Jahre 1210 wurde dem Franziscus und seinen Brüdern die Ordensregel in Rom von Papst Innocenz dem Dritten bestätigt. Sie waren nunmehr benannt und auch anerkannt, und es hatte, wie das so sein muß, ein Ereignis auch eine Einrichtung hervorgebracht, nach-sich-gezogen. – Noch stand die Bruderschaft in vollem Leben, nicht nur im Kerne glühend, auch in allen Gliedern: noch lebte Franziscus, und er lebte in jedem Bruder.

***

II.

So finden wir ihn lautersten Lebens voll zu jener Zeit, im brüderlichen Kreise Flammen nährend, die seine Glut immer kräftiger weckte. Er gibt den Herzen Richtung, er zieht die bisher nur Sehnsüchtigen zur Tat empor und hinein in den Strom des eigenen Lebens. Vieles ist zu berichten von Erfüllungen am Wege, und vieles, das Wunder genannt werden müßte, erscheint angesichts der riesigen Kräfte, welche den Zarten führten, als verständliches Beiwerk, als begreifliche Wirkung. – Man liest im alten Bericht: er strahlte wie ein Stern durch Nachtnebel und wie der aufziehende Morgen über der Finsternis; so sei es gekommen, daß in kurzem die Landschaft selbst mit geändertem Antlitz freundlicher erschien. Ihm auch hatte sich damals das Antlitz von Tal und Hügel verändert gezeigt, wenngleich zur Trauer, als sein Schicksal erstmalig und noch dumpf ihn berührte: nun aber strahlte Licht, das hinter vielen Augen durch den Begnadeten entzündet war: solches Leuchten aber strahlt auch uns aus den alten Berichten, denen wir nun für ein Stück die Darstellung so überlassen, daß wir gänzlich ihrem Wortlaute folgen:

Von allen vernunftlosen Wesen liebte Franciscus die Sonne und das Feuer am heftigsten, er sagte nämlich: «Am Morgen, wenn die Sonne aufgeht, sollte jeder Mensch Gott loben, der diese zu unserem Nutzen geschaffen hat, denn durch sie werden tagsüber unsere Augen erhellt; am

Abend aber, wenn es Nacht wird, sollte jeder Mensch Gott loben wegen des Bruders Feuer, weil durch diesen unsere Augen nachts erleuchtet werden, denn wir alle sind ja gleichsam blind und der Herr erleuchtet unsere Augen durch diese unsere beiden Brüder; und so wollen wir besonders dieser beiden wegen, und auch wegen der anderen Geschöpfe, die wir alltäglich brauchen, den Schöpfer loben.» Das tat er auch immer, bis zu seinem Tode.

Wenn er aber von schwerer Krankheit befallen wurde, begann er jenes Loblied von den Geschöpfen Gottes zu singen, welches er gemacht hatte; und danach ließ er es seine Gefährten singen, damit er, in Gottes Lob versenkt, seiner Schmerzen und der Bitterkeit seiner Leiden vergesse.

Und da er bedachte und sagte, daß die Sonne schöner sei als die anderen Geschöpfe, und daß sie noch mehr unserem Herrn gleicht, und weil in der Schrift selbst der Herr eine «Sonne der Gerechtigkeit» genannt wird – so nannte er jenes Loblied auf die Geschöpfe Gottes (da ihn der Herr seines Reiches versichert hatte) «das Lied von Bruder Sonne».

***

Von allen niedrigen und fühllosen Kreaturen wurde er am meisten vom Feuer angezogen, wegen seiner Schönheit und Natürlichkeit, weshalb er auch niemals dessen Bestimmung stören wollte.

Denn einmal, als er nahe am Feuer saß, ergriff dieses, ohne daß er es merkte, seine Beinkleider von Leinen am

Knie, und als er die Hitze spürte, wollte er es doch nicht ersticken. Sein Gefährte aber, der sah, daß seine Kleider verbrannten, lief zu ihm hin und wollte das Feuer löschen; er aber hinderte ihn daran und sagte: «Nicht, liebster Bruder, nicht dem Feuer wehetun!» Und so wollte er durchaus nicht, daß jener das Feuer ersticke.

Der aber ging eilig zum Guardian und führte diesen zum seligen Franziscus und löschte sogleich gegen dessen Willen das Feuer. – Franziscus wollte, bei welcher dringenden Notwendigkeit auch immer, niemals das Feuer ersticken, weder das einer Lampe, noch das einer Kerze: von so großer Liebe dazu war er bewegt.

Er wollte auch nicht, daß ein Bruder Feuer oder rauchendes Holz so herumstoße, wie das zu gehen pflegt, sondern er wollte das Feuer säuberlich auf die Erde gesetzt haben, aus Ehrfurcht für den, dessen Geschöpf es ist.

**

Unter allen Vögeln liebte er am meisten die Haubenlerche; von ihr sagte er: «Die Schwester Lerche hat eine Kapuze wie die Ordensbrüder und ist ein bescheidener Vogel, der gerne auf dem Weg marschiert, um ein paar Körner zu finden. Und wenn sie solche unter dem Mist gefunden hat, zieht sie diese heraus und ißt sie. Im Fluge lobt sie Gott sehr süß, das Irdische verachtend, so wie gute Ordensbrüder, welche ja ihren Umgang immer im Himmel haben und deren Streben stets das Lob Gottes ist. – Ihr Kleid, das heißt ihr Gefieder, ähnelt der Erde, und so gibt sie den

Ordensbrüdern ein Beispiel, daß sie nicht feine und bunte Kleider tragen sollen, sondern gewöhnliche und unscheinbare in der Farbe, so wie die Erde auch unscheinbarer ist als die anderen Elemente.»

***

Wir, die wir mit dem seligen Franziscus waren und dies schreiben, bezeugen, daß wir ihn oft haben sagen gehört: «Wenn ich mit dem Kaiser sprechen würde, dann würde ich ihn bitten und ihn überreden um der Liebe Gottes willen und mir zum Gefallen ein besonderes Gesetz zu machen, daß kein Mensch die Schwestern Lerchen fange oder töte oder ihnen irgend etwas Böses tue. Ebenso, daß alle Befehlshaber der Städte, kaiserlichen Festungen und Flekken dazu verhalten würden, alle Jahre am Tage der Geburt des Herrn ihren Leuten zu befehlen, Getreide und andere Körner auf die Wege außerhalb der Städte und festen Plätze zu streuen, damit die Schwestern Lerchen etwas zu essen haben und auch die anderen Vögel, an einem so feierlichen Tag; und daß, aus Verehrung des Gottessohnes, welchen in dieser Nacht die allerseligste Jungfrau Maria zwischen Ochs und Esel in die Krippe legte, Jeder, der einen Ochsen und Esel hat, in dieser Nacht sie mit gutem Futter auf's beste versehe; ebenso, wie an solchem Tage alle Armen von den Reichen mit gutem Essen gesättigt werden sollten.»

***

Wir aber, die wir mit ihm waren, sahen ihn so sehr innen und außen sich erfreuen an allen Geschöpfen, daß sein Geist, wenn er diese ansah oder anrührte, nicht auf Erden, sondern im Himmel zu weilen schien.

***

Zu einer Einsiedelei der Brüder bei Borgo San Sepolcro kamen einst brotbettelnd Räuber, die in den Wäldern ihre Schlupfwinkel hatten und die Reisenden ausraubten: einige von den Brüdern sagten, daß es nicht gut sei, ihnen Almosen zu geben, andere aber gaben ihnen aus Mitleid und um sie zur Buße zu bewegen.

Indem kam der selige Franziscus dazu; diesen fragten die Brüder, ob es recht sei, jenen Almosen zu geben; und der selige Franziscus sagte ihnen: «Wenn ihr so tut, wie ich euch jetzt sagen werde, so vertraue ich in Gott darauf, daß wir ihre Seelen gewinnen. Geht also und nehmt gutes Brot und guten Wein und tragt ihnen das in den Wald zu ihrem Lager und ruft: ‹Brüder Räuber, kommt zu uns, weil wir eure Brüder sind und euch gutes Brot und guten Wein bringen!›

Diese werden dann gleich kommen. Ihr aber breitet ein Tischtuch auf die Erde und stellt Brot und Wein darauf und bedient sie demütig und fröhlich, solange sie essen. Nach der Mahlzeit aber sprecht ihnen vom Wort Gottes und am Ende bittet sie um der Liebe Gottes willen um das Eine, daß sie niemand töten und niemandem am Leibe schaden mögen. Wenn ihr sie nämlich um alles auf ein Mal bitten werdet, werden sie euch nicht erhören, dieses Eine aber werden sie euch wegen eurer Demut und Liebe sogleich versprechen.

Am anderen Tage aber bringt ihnen um ihres guten Versprechens willen mit dem Brot und Wein auch Eier und Käse und dient ihnen bei der Mahlzeit. Und nach dem Essen sagt ihnen: ‹Was bleibt ihr hier den ganzen Tag, um Hungers zu sterben und soviel Beschwernis zu ertragen und dabei das alles mit böser Absicht und Tat, für die ihr eure Seelen verliert ohne Bekehrung? Besser ist es, daß ihr Gott dient und er wird euch hier auf Erden geben, was der Leib braucht, und am Ende eure Seelen retten.› – Da wird es ihnen Gott eingeben, daß sie sich bekehren, durch die Demut und Geduld, die ihr ihnen gezeigt haben werdet.»

Die Brüder taten alles, wie es ihnen der selige Franziscus gesagt hatte; und die Räuber hörten und befolgten durch die Gnade und Barmherzigkeit Gottes Punkt für Punkt alles, was die Brüder von ihnen demütig erbaten. Und mehr noch: wegen der Demut und Freundlichkeit der Brüder begannen sie nun selbst den Brüdern untertänig zu dienen, indem sie ihnen Holz auf dem Rücken bis zur Einsiedelei trugen; und endlich traten einige von ihnen in den Orden. Andere aber bekannten ihre Sünden und taten Buße für ihre Verbrechen und versprachen den Brüdern in die Hand, daß sie nunmehr von ihrer Hände Arbeit leben wollten und niemals mehr dergleichen beginnen, wie sie früher getan hatten.

··*

Bei Celano, zur Winterszeit, als der selige Franziscus statt des Mantels nur ein zusammengefaltetes Tuch trug, das ihm ein den Brüdern Wohlgesinnter geschenkt hatte, da kam ein altes Weiblein entgegen und bat um Almosen; er nahm gleich das Tuch von den Schultern und gab es der armen Vettel, die er garnicht kannte, indem er sagte: «Geh' und mach Dir einen Kittel, Du hast es notwendig genug.»

Die Vettel grinste und war verblüfft – ich weiß nicht, ob ängstlich oder freudig – sie nahm das Tuch aus seinen Händen und in Sorge, er könnte es am Ende wieder zurückverlangen, lief sie schnell davon und schnitt es gleich mit der Schere zu. Als sie aber fand, daß dieses Tuch ihr nicht für einen Kittel genüge, wandte sie sich wieder an den schon einmal Mildtätigen und sagte ihm, daß es allzu klein sei. Der Heilige blickte seinen Gefährten an, welcher ein ebensolches Tuch um die Schultern trug, und sagte ihm: «Du hörst, was diese Arme spricht. Um der Liebe Gottes willen wollen wir die Kälte ertragen, und gib also dieser Armen das Tuch, damit ihr Kittel fertig werde.»

Und sogleich, wie er selbst es gegeben hatte, gab es auch der Gefährte. So blieben sie entblößt zurück, damit die Arme gekleidet werde.

***

Als er einst aus Siena zurückkehrte, traf er einen Armen am Wege; und er sagte seinem Gefährten: «Es gebührt sich, daß wir den Mantel jetzt dem Armen wiedergeben, dessen Eigentum er ist, denn wir haben ihn ebenso bekommen für so lange, bis wir Einen finden, der ärmer ist als wir selbst.» Der Gefährte aber, welcher die Bedürftigkeit des Heiligen ansah, widersetzte sich hartnäckig, damit Franziscus nicht für einen Anderen sorge unter Vernachlässigung seiner selbst. Franziscus sagte ihm: *«Ich will kein Dieb sein, denn es wird uns für Diebstahl angesehen werden, wenn wir nicht dem Bedürftigeren geben.»* So schenkte der fromme Vater seinen Mantel dem Armen.

***

Als der selige Franziscus, um zu predigen, zu einer Niederlassung der Brüder bei Rocchicciola ging, geschah es, daß an dem Tage, an welchem er predigen sollte, ein armer und schwächlicher Mensch zu ihm kam. Sehr von Mitleid erfüllt begann er dann seinem Gefährten von der Armut und Hinfälligkeit desselben zu erzählen; da sagte der Gefährte: «Bruder, es ist wahr, daß dieser arm genug scheint, aber vielleicht ist in der ganzen Gegend niemand zudringlicher als er.»

Sogleich vom seligen Franziscus hart getadelt, bekannte er sich zu seiner Schuld. Und der selige Franziscus sagte: «Willst Du dafür die Buße tun, welche ich Dir sagen werde?» Dieser antwortete: «Gerne werde ich sie tun.» Er sagte zu ihm: «Geh' und ziehe Deine Kutte aus und wirf Dich nackt zu Füßen des Armen nieder und sage ihm, wie Du gesündigt hast, indem Du ihn verleumdetest, und sage ihm, er möge für Dich beten.» – Dieser ging also und tat alles, was ihm der selige Franziscus gesagt hatte. Danach stand er auf, zog seine Kutte an und kehrte zum seligen

Franziscus zurück. Und der selige Franziscus sagte ihm: «Willst Du wissen, auf welche Weise Du gegen jenen – und, was noch mehr ist, gegen Christus – gesündigt hast? Wenn Du einen Armen siehst, so mußt Du an jenen denken, in dessen Namen er kommt, nämlich an Christus, welcher unsere Armut und Hinfälligkeit angenommen hat; denn die Armut und Hinfälligkeit dieses Menschen ist gleichsam ein Spiegel für uns, in welchem wir die Hinfälligkeit und Armut unseres Herrn Jesus Christus mit Frömmigkeit sehen und betrachten sollen.»

***

Als der selige Franziscus einst zur Portiuncula zurückkehrte, fand er den Bruder Jacobus den Einfältigen mit einem Aussätzigen, der ganz mit Geschwüren bedeckt war. Der selige Franziscus hatte sich nämlich dieses Aussätzigen und aller anderen angenommen, indem er gleichsam ihr Arzt war und gerne ihre Wunden berührte, wusch und pflegte: denn *damals* hielten sich die Brüder noch in den Leprosenhäusern auf.

Es sagte also der selige Franziscus dem Bruder Jacobus tadelnd: «Du solltest nicht die ‹christlichen Brüder› herumführen, es ziert weder Dich noch sie selbst.» (Denn obgleich er wollte, daß ihnen der Bruder diene, so wollte er doch nicht, daß er diejenigen außerhalb des Spitals herumführe, welche sehr übel zugerichtet waren: die Leute pflegten vor solchen allzu großen Abscheu zu zeigen; dieser Bruder Jacobus war so einfältig, daß er mit ihnen vom Spital bis zur Portiuncula ging, so als ob er mit Brüdern gehen würde. – Die Leprosen aber pflegte der selige Franziscus ‹christliche Brüder› zu nennen.)

Als er nun so gesprochen hatte, tadelte er sich sogleich selbst, denn er glaubte, dieser Aussätzige sei verschüchtert wegen der Zurechtweisung für Bruder Jacobus. Und da er nun Gott und dem Aussätzigen genug tun wollte, sagte er seine Schuld dem Bruder Pietro Cattani, welcher damals General-Minister war. Und er sagte: «Ich will, daß Du mir die Buße bewilligst, welche ich für diesen Fehler erwählt habe, und daß Du mir darin in keiner Weise widersprichst.» Dieser antwortete: «Bruder, tu, was Dir gefällt.» Denn der Bruder Petrus verehrte und fürchtete ihn so sehr, daß er nicht wagte, ihm zu widersprechen, wenn es ihm auch oft hart ankam.

Danach sagte der selige Franziscus: «Dies sei meine Buße, daß ich nämlich mit dem ‹christlichen Bruder› aus einem Teller esse.» Als sich dann Franziscus mit dem Aussätzigen und den anderen Brüdern zu Tisch setzte, wurde nur ein Teller zwischen den seligen Franziscus und den Leprosen hingestellt. Der Kranke war aber ganz schwärig und abscheulich, und besonders die Finger, mit denen er die Bissen vom Teller nahm, waren ganz verkrümmt und blutrünstig; so daß, wenn er in den Teller langte, von ihnen Blut und Eiter abtropften. Und als dieses Bruder Petrus und die anderen Brüder sahen, wurden sie tiefbekümmert, aber sie wagten nichts zu sagen, in Scheu und in Verehrung für den heiligen Vater. – Dies hat einer geschrieben, der es gesehen hat und dafür Zeugnis ablegt. / (Hier ist vielleicht eine Erklärung nötig: Franziscus hatte im Jahre 1220 sein Amt als Leiter des Ordens niedergelegt und es Pietro Cattani übertragen; dieser war also General-Minister, was wörtlich so viel bedeutet wie «allgemeiner Diener» der Minderbrüder. Der Grund für den Rücktritt des Franziscus ist offenbar sein schweres Augenleiden gewesen, welches er sich bei seiner Missionstätigkeit im Orient zugezogen hatte; dazu wohl noch seine tiefe Abneigung gegen jede äußere Erhöhung überhaupt: wir sahen ihn ja oben (in der Erzählung vom Feuer) seinem Guardian sogleich den Gehorsam leisten. –) /

✳✳✳

Es geschah eines Tages, daß ein Bruder, in Gegenwart eines vornehmen Mannes von der Insel Cypern, einen anderen Bruder beschimpfte. Als er aber sah, daß dieser deswegen einigermaßen verwirrt war, nahm er, entflammt zur Selbstmaßregelung, ein Stück Eselskot und steckte es sich in den Mund, um es mit den Zähnen zu zerbeißen, indem er sagte: «Schmecke Kot, Du Zunge, die auf meinen Bruder das Gift des Jähzornes ausgießt!» Das ansehend aber war jener Mann starr vor Staunen und ging sehr erbaut seines Weges und stellte von da an sich und alles Seine den Brüdern zu Verfügung. –

✳✳✳

In der Einsiedelei von Sarteano sagte ein Bruder zu einem anderen: «Woher kommst Du, Bruder?» Und dieser sagte: «Ich komme aus der Zelle des Bruders Franziscus.» Als der selige Franziscus das bemerkte, sprach er zu jenem:

41

«Wie kannst Du sagen, *daß die Zelle mir gehört?!* Ein Anderer möge sie von nun an einnehmen, ich nicht.» Und er
fügte hinzu: «Der Herr, als er in der Wüste weilte und
dort vierzig Tage und vierzig Nächte betete und fastete,
ließ sich keine Zelle oder Behausung machen, sondern
blieb auf dem Bergfelsen.»

***

Den seligen Franziscus schmerzte es sehr, wenn unter
Hintansetzung der Brüdertugend aufgeblasene Gelehrsamkeit erstrebt wurde, besonders wenn Einer dabei nicht
in seinem ursprünglichen Berufe blieb. Er sagte nämlich:
«Meine Brüder, diejenigen, welche von Wissensneugier
geleitet sind, werden am Tage der Bedrängnis ihre Hände
leer finden. Ich wünschte daher, diese würden sich mehr
in ihrer Tugend stärken, damit sie in der Zeit der Bedrängnis Gott mit sich haben in der Not; denn die Bedrängnis
wird kommen, und die Bücher, zu nichts gut, werden in
die Fensternischen und Winkel fliegen.»

Er sagte damit nicht etwa, daß ihm das Lesen der heiligen Schrift zuwider sei, aber von überflüssiger Sorge um
Lernen wollte er sie alle abhalten. Er wollte lieber, daß
jene gut durch die Liebe wären, als durch Wissensneugier
halbgelehrt. –

Er sah da Zeiten voraus, die bald kommen sollten................

***

Einmal tadelte er einen Gefährten, der eine traurige Miene zur Schau trug. Und er sagte jenem: «Warum zeigst Du äußerlich Schmerz und Trauer über Deine Fehler? Zwischen Dir und Gott magst Du solche Traurigkeit haben, und bitte ihn, daß er in seinem Erbarmen Dir nachsehe, und Deiner Seele die Heiterkeit seines Heiles wiedergebe, deren sie durch ihre Sünden beraubt ist. Vor mir aber und den Anderen sollst Du Dich bemühen, immer fröhlich zu sein, denn für einen Knecht Gottes gebührt sich nicht Traurigkeit und ein bekümmertes Gesicht zu zeigen.»

***

Als die Zeit des Generalkapitels herankam, welches jedes Jahr bei der Portiuncula stattfand, bedachten die Leute von Assisi bei sich, daß der Brüder täglich mehr wurden: und nachdem sie eine Ratssitzung gehalten hatten, bauten sie in wenigen Tagen, mit größter Eile und Frömmigkeit, ein großes Haus von Stein und Mörtel, ohne Einwilligung des seligen Franciscus und in seiner Abwesenheit. Als nun der selige Franciscus aus einer anderen Ordensprovinz zurückkehrte und zum Capitel kam, wunderte er sich sehr über das Haus, welches man hier gebaut hatte; er fürchtete aber, daß andere Brüder aus Anlaß dieses Hauses in ihren bestehenden oder künftigen Niederlassungen es ähnlich machen würden; und so stieg er auf das Dach und befahl den Brüdern ebenfalls heraufzusteigen und zugleich mit den Brüdern begann er die Ziegel herabzuwerfen, aus denen jenes Haus gebaut war, und wollte es so bis auf den Grund zerstören. Einige Bewaffnete aber, welche den Ort bewachten, gingen sogleich zu ihm, als sie sahen, daß der selige Franziscus mit den anderen Brüdern das Haus zerstören wollte, und sie sagten ihm: «Bruder, dieses Haus gehört der Bürgerschaft von Assisi.» Als dies der selige Franziscus hörte, sagte er ihnen: «Wenn es also *Euch* gehört, will ich es nicht anrühren.»

***

Als er bei Siena weilte, kam zu ihm ein Doktor der heiligen Theologie vom Prediger-Orden, ein sehr bescheidener Mann von hohem Geiste. Als dieser mit dem seligen Franziscus eine Weile vom Wort Gottes sich unterredet hatte, fragte ihn der Magister über jene Stelle bei Ezechiel: «Wenn Du dem Gottlosen von seiner Gottlosigkeit nicht sagst, werde ich dereinst seine Seele aus *Deinen* Händen zurückverlangen.» Und er sagte dazu: «Viele, guter Vater, erkenne ich als in Todsünde, denen ich doch von ihrer Gottlosigkeit nicht sage; werden nicht aus meiner Hand einst deren Seelen gefordert werden?»

Der selige Franziscus sagte demütig, er selbst sei ein Schwachkopf, und ihm wäre daher besser belehrt zu werden, als über eine Stelle der heiligen Schrift Aufschluß zu geben. Da fügte jener bescheidene Magister hinzu: «Bruder, wenn ich auch von einigen Weisen dieses Wort habe auslegen hören, so möchte ich doch gern Eure Meinung darüber erfahren.» Der selige Franziscus sagte darum: «Wenn die Stelle allgemein verstanden werden soll, so fasse ich sie so auf: daß ein Knecht Gottes so sehr von Leben und Heiligkeit aus sich selbst entbrennen und strahlen muß, daß er durch das Licht des Beispieles und die heilige Rede alle Gottlosen tadelt. So wird, sage ich, sein Glanz und Ruf allen ihre Fehler zeigen.»

***

Ein altes armes Weib, das zwei Söhne im Orden hatte, kam zur Niederlassung bei der Portiuncula und bat den seligen Franziscus um ein Almosen.

Sogleich sagte der selige Franziscus zu Bruder Pietro Cattani, der damals General-Minister war: «Können wir nicht irgendetwas haben, um es dieser unserer Mutter zu geben?» Er pflegte nämlich zu sagen, daß die Mutter irgendeines Bruders auch die seine und die aller Brüder sei. Bruder Pietro antwortete ihm: «Im Hause ist nichts, was wir ihr geben könnten, wir haben nur ein Neues Testament, aus dem wir morgens den Text lesen.»

Da sagte jenem der selige Franziscus: «Gib unserer Mutter das Neue Testament, weil das Gott mehr gefallen wird, als wenn wir darin lesen.» Und so gab er ihr das erste Neue Testament, welches der Orden besaß. / (Hier muß freilich daran erinnert werden, welchen hohen Geldwert zu jenen Zeiten Bücher hatten, welche ja damals mit der Hand schön geschrieben und nicht gedruckt waren.) /

***

Als er durch die Gegend von Assisi ging, bat ihn ein armes altes Weib um Almosen, und er gab ihr sogleich den Mantel, welchen er trug; und gleich darauf bekannte er ohne

Verzug vor jenen, welche ihm folgten, daß er davon jetzt ein eitles Gefühl der Befriedigung habe.

***

Und so viel andere ähnliche Beispiele sahen und hörten wir, die wir mit ihm umgingen, von seiner größten Demut, daß wir es nicht ausdrücken können in Wort und Schrift. Das war nämlich erstes und höchstes Streben des seligen Franziscus: kein Heuchler zu sein vor Gott.

***

III.

Unter alledem, was am Wege geschah, nahte die Zeit der Vollendung.

Die Brüder hatten im Jahre 1213 von dem jungen Grafen Orlando da Chiusi di Casentino eine seltsame Zuwendung erhalten, einen einsamen Berg im Toscanischen nämlich, La Vernia genannt, der für Zwecke des Gebetes und der Beschauung geeignet war. Die Leute des Grafen hatten oben auf einer kleinen Hochebene bescheidene Unterkunft hergerichtet; späterhin hat der Graf noch eine kleine Kapelle dort gebaut, gleichen Namens wie die Portiuncula: «Santa Maria degli Angeli».

Im August des Jahres 1224 machte sich Franziscus dahin auf, die Brüder Leone, Masseo, Angelo waren mit ihm. Sein Körper, durch langjähriges hartes Leben und Krankheiten zermürbt, war dem vielgeübten Fußreisen nun doch nicht mehr gewachsen: bei einem Bauern mußte ein Reitesel geliehen werden. Der Bauer, als er hörte, wer es war, der da sein Tier benutzen wollte, kam heraus und fragte den Franziscus, ob er derselbe sei, von dem jetzt soviel allenthalben gesprochen werde? Und weiter: «Dann sieh nur zu, wirklich so vortrefflich zu sein wie Dein Ruf – denke, wie viele auf Dich vertrauen!» Franziscus, tieferschüttert, warf sich vor dem Bauern nieder und küßte dessen Schuhe, voll Dank für die Ermahnung.

Diesen selben Mann trat der Durst unerträglich hart an

im Aufstiege auf den Berg: inbrünstiges Gebet des Heiligen ließ ihm eine Quelle sprudeln.

Sie ruhten unter einer Eiche während des Aufstieges. Die bunten Vögel kamen herab aus den Zweigen, sie setzten sich auf Schultern, Hände, Knie des Franziscus. Er sagte: «Ich glaube, liebste Brüder, es gefällt unserem Herrn Jesus Christus, daß wir hier auf diesem einsamen Berg uns niederlassen, wo unsere Brüder, die Vögel, solche Freude über unsere Ankunft zeigen.»

Der Graf besuchte mit seinen Leuten die Brüder dort oben und brachte ihnen das zum Leben Notwendige. – Trübe Gedanken, so wird berichtet, sollen Franziscus während der ersten Zeit auf La Vernia angetreten haben: In die Breite der Welt ging seine Bruderschaft nun schon mit Tausenden; konnte sein kleines Licht diese alle durchglüht erhalten, daß sie, immer wie auf Wanderschaft bleibend, nicht der Erkaltung und Erstarrung verfielen? Der Erstarrung im Besitz: schon hatten diese Armen Gottes Klostermauern da und dort fest aufgerichtet. Der Erstarrung im Buchstaben: schon wurde hinter solchen Mauern Gelehrsamkeit aus gehüteten Büchern erstrebt, bewahrt. Erstes Zeichen des Unglücks war es im Grunde, daß er hatte einmal eine Regel geben müssen, die Glut in Worte gießend, in einzelne Bestimmungen sie zerteilend: mußte sie nicht in der Vorschrift erstarren, war sie nicht erstarrt schon durch Niederlegung mit Tinte und Pergament? – Im Wesen und in der Tat verstanden, so wollte er es befolgt: aber da kamen die Ausleger und Umwege: und sie mußten kommen, Zähne der Zeit und des Todes, in's Lebendigste dringend, in's Einheitlichste: den Strom zu

Flüssen teilend, die Flüsse zu Bächen, zu Gerinnseln (und die waren noch immer von Feuer!) – mußten nicht diese endlich versiegen, als wesenloses Gebilde zurücklassend – als Ruine mit dem Namen, ohne den Sinn – alles, was äußerlich greifbar am Wege der Bruderschaft sich hatte abgesetzt? Da würden denn die Einrichtungen des Ordens bleiben, die Klöster, die Bücher, der Besitz, die Gelehrsamkeit; und auch die Regel, das Pergament, das sie alle, die Schriftkundigen, dann sicher vortrefflich lesen würden und das dann keiner mehr verstand: Die Regel, die seine ersten Brüder so wohl verstanden hatten; unter ihnen war Mancher, der vom Alphabet nichts wußte, und der seine Regel doch alltäglich und summarisch aus den Augen des kleinen Armen hatte lesen können. –

Irdischer Besitz! Die irdische Last, das gehütete Bündel voll Schutt – nur ein Sinnbild für die Erkaltung des Geistes, für das gehütete Bündel voll Urteilen, Meinungen, Klugheiten, Büchern, die sich aus lebendigem Strome einmal wie Schlacken abzusetzen begonnen hatten, und nun, immer breiter sich entfaltend und vielteilend, das Leben erdrückten. Armut hieß – auch alles dessen sich entschlagen, demütig werden, dem Feuerstrome näherverwandt, den eigenen Namen – der schon festlegte und hervorhob – fast verlierend. – Er mußte wohl eines Gesichtes denken, das Bruder Leone einst geschaut hatte, während der Wache an seinem Krankenlager: der hatte ein reißendes Wasser gesehen und Viele, die hineinstiegen, um an's andere Ufer zu gelangen; Jeder trug ein Bündel am Rücken, größer oder kleiner, bescheiden oder dick geschwollen: aber auch die geringer Belasteten – sie kamen doch nicht völlig hindurch, es ergriff diese die Strömung noch knapp vor dem rettenden Rand: da erschienen Brüder, freihändig und nichts bergend und tragend, sie durchschritten die Furt heil. – Dieses Wasser eben war Zeit und Welt! –

Franziscus verschärfte seine Einsamkeit. Jenseits einer Schlucht, über welche nur ein umgehauener Baum als Brücke führte, hatte er seine Hütte. In dieser Schlucht geschah ihm Wunderbares, wovon ein alter Bericht erzählt:

«Als nun das Fest der Himmelfahrt Christi kam, begann S. Franziscus die heiligen Fasten mit der größten Enthaltsamkeit und Härte, den Körper kasteiend und den Geist stärkend mit glühenden Gebeten, Nachtwachen, Übungen; und in diesen Gebeten stieg er von Tugend zu Tugend und bereitete seine Seele zur Aufnahme göttlicher Geheimnisse und Glorien, den Körper aber rüstete er so zum Ausharren unter den schrecklichen Angriffen der bösen Geister, mit welchen er oft aus allen Kräften rang; da war es einmal in jenen Fasten, daß der heilige Franziscus seine Zelle verließ und inbrünstig im Geiste hinwandelte, um in einer Felsgrotte zu beten, welche in steiler Höhe an einem furchtbaren Abgrund lag; sofort kam der Teufel mit Toben und Brausen herbei und versuchte in schrecklicher Weise ihn hinabzustoßen. Der heilige Franziscus aber, der keinen Weg zur Flucht sah, warf sich – da er den wüsten Anblick des Teufels nicht ertragen konnte – plötzlich herum und mit Händen, Angesicht und Körper an den Stein, und so empfahl er sich Gott. Als er nun tastete, woran er sich halten könne, da höhlte sich mit eins – wie es eben Gott gefiel, der seine Diener nicht mehr versucht als sie ertragen können! – der Fels, an den er sich klammerte, nach der Form seines Leibes in wunderbarer Weise, und nahm ihn so auf, als hätte er Hände und Gesicht in weiches Wachs gedrückt: so drückten sich in die Steinplatte seine Formen ab und gottbeschützt entging er dem Teufel.»

Dreimal ließ Franziscus das von Leone aufgeschlagene Evangeliar als Orakel sprechen: dreimal öffnete sich das Buch bei der Leidensgeschichte Christi. Er begriff dieses: ging dortaußen alles unerbittlichen Weg, also mußte es auch hierinnen sein. Der Vollendung schneidender Glanz! Vor ihm hatte der Arme Gottes das Auge immer weggewandt, ein kleiner Knecht; nun hieß es auch den ertragen, und für alle seine Brüder, die in Ländern und Jahren erlahmten. Süßes Verlangen noch einmal zurück in anfängliche Bewegung! Wieder den Aussätzigen dienen im Leprosenhaus, ein kleiner Armer mit festen, entschlossenen Händen! – *Hier aber wies der Weg sein letztes Gebirge: eins werden mit dem Herrn. – Er empfing die Wundmale. –*

Sein eigenes Blut, das aus den Wunden immer nachquoll, verriet am Ende den Brüdern, was sich an ihm vollzogen hatte, wenngleich Franziscus es lange genug verbergen konnte. –

Am Ende des Monates September kehrte Franziscus zur Portiuncula zurück; anfängliche Bewegung ergriff ihn hier wieder, wie erstes Erglühen: er wollte zurück zu den Aussätzigen, um sie zu warten, ungekannt und verachtet. So zog er ein letztes Mal aus, in den Leprosenhäusern mit den Händen dienend, auf den Piazze der Städte mit dem Wort. – Wirklich schien diese kleine Kirche, die Portiuncula, sichtbares Sinnbild vom wahren Kern der Bruderschaft. Hier war jener Weg, der in Franziscus lag – so tief, daß er selbst ihn damals nicht aussprechen und richtig nennen konnte – mit den Worten des Meisters ihm gewiesen worden:

«Ihr sollt nicht Gold, noch Silber, noch Erz in euren Gürteln haben. Auch keine Tasche zur Weg-Fahrt, auch nicht zwei Röcke, keine Schuhe, auch keinen Stecken. *Denn ein Arbeiter ist seiner Speise wert.*» –

Einem Frommen hat später einmal dies geträumt: alle Menschen der weiten Welt waren um die kleine Kirche versammelt; sie waren alle blind, hielten die Gesichter zum Himmel erhoben, die Hände gefaltet, als flehten sie zu Gott um ihr Augenlicht. Da strahlte mächtiger Schein über die Portiuncula herab, und alle sahen sie jetzt das Licht des Heils.

***

IV.

In breite Welt ging schon die Bruderschaft mit Tausenden: in Erstarrung durch äußeren Besitz, in Erstarrung durch inneren Besitz: benannt, anerkannt, tiefstem, namenlosem Strom der Liebe nicht mehr engverwandt, in's Einzelne zerfallend, gerichtet wieder auf Zeit, Staub, Tod: woraus sie auferstanden waren wie ein Krater aus Schlacken: woraus sie auferstanden waren, Jeder voll Drang nach Durchbruch wahrer Gestalt durch dumpfen Schutt des Zufälligen, des Umständlichen. Ihren Vater hatte schneidender Glanz der Vollendung geweiht. Aber, schon bei sich neigendem Leben, da ergriff ihn süßes Verlangen zurück in anfängliche Bewegung, in erstes Erglühen, das niemand ahnte, das sich selbst nicht kannte, noch vor aller Entfaltung, die schon den Tod birgt. Wieder namenlos werden, verachtet, ungekannt, verlacht! Und ohne jede Folge und Wirkung nach außen, noch nicht in die Zeit, in den Tod, eigene Glut ein Stück weit vortreibend, die doch ersterben und erstarren muß dahinten, in Ländern und Jahren: wieder den Aussätzigen dienen im Leprosenhause, ein kleiner Armer mit festen, entschlossenen Händen. –

Er starb nackt auf der bloßen Erde liegend, laut singend. Dazu wird berichtet: als sein Gesang verstummte, zwitscherten die Lerchen, seine Schwestern, heftig und plötzlich in die folgende Stille hinein.

***

Aber Franciscus war nicht erloschen mit seinem Tode und mit Recht lauten die letzten Worte der Grabschrift: «Nach seinem Tode lebendig.» Lebendig indessen nicht nur durch weitausstrahlende Wirkung in Länder und Jahrhunderte: nach dem Dahingegangenen blieb noch für lange ein wärmerer Schein, persönlich und lieblich, vor allem im Gemüt seiner alten Gefährten, wie etwa der Bruder Leone einer war, der in seiner weißen Zelle bei der Portiuncula jene treuen Erinnerungen an den Meister niederschrieb, die in mancherlei Formen auf uns gekommen sind. Indessen, auch Schwerstes und Weittragendstes von dem, was Franciscus errungen hatte, wirkte noch lange in unmittelbarer Weise.

Wir lasen oben die alte Erzählung von den bekehrten Räubern und erfuhren dort am Ende, daß einige von diesen sogar in die Bruderschaft eintraten: über diese, und besonders über einen von ihnen, wird späterhin noch das Folgende berichtet:

«Durch solche heilsame Ermahnung entsagten drei Räuber der Welt, und vom heiligen Vater Franciscus aufgenommen, folgten sie ihm im Wandel und Geiste nach. Zwei von ihnen aber lebten nur mehr kurz nach löblicher Verwandlung und verließen diese Welt, vom Herrn gerufen. Der Dritte und Überlebende aber, welcher seine vielen und großen Sünden ansah, unterzog sich solcher Buße, daß er durch 15 Jahre außer den gewöhnlichen Fasten, welche er wie die Anderen einhielt, dreimal in der Woche nur Brot und Wasser zu sich nahm. Und nur mit der Kutte bekleidet, ging er stets barfuß und er schlief niemals mehr nach der Frühmette. – Im Laufe jener 15 Jahre war es, daß der heilige Franziscus aus dieser Welt zum himmlischen Vater einging. –

Als jener Bruder nun solche Strenge der Buße durch diese vielen Jahre eingehalten hatte, da überkam ihn eines Nachts nach der Frühmesse solche Schlafsucht, daß er mit allen guten Gründen dem Schlaf nicht zu widerstehen und nicht wach zu bleiben vermochte, wie er gewohnt war. Als er nun weder richtig munter werden konnte, noch im Stande war zu beten, ging er, der Versuchung unterliegend, zu seinem Bett, um zu schlafen. Alsbald aber, als er das Haupt auf das Lager legte, wurde er im Geiste auf einen sehr hohen Berg geführt, an welchem ein überaus tiefer Absturz war, mit Felsriffen und vorstehenden Zacken. Jener aber, von dem er geführt wurde, stieß ihn vom Rande dieses Absturzes hinab. Im steilen Sturz zwischen den Felsen, von Stein zu Stein den Aufprall erduldend, schienen dem Bruder, als er am Grunde der Schlucht ankam, alle Glieder zerrissen, alle Knochen zerbrochen.

Als er nun so übel zerschlagen lag, rief ihm sein Führer zu, er möge aufstehen, da es noch einen weiten Weg für ihn zu machen gebe! Diesem erwiderte der Bruder: ‹Ein harter und grausamer Mensch scheinst Du, der Du mich aufstehen heißt, obgleich Du mich bis auf den Tod zerschlagen siehst!› Der Führer trat zu ihm, und ihn berührend heilte er ihn sogleich und gänzlich von allen Gliederbrüchen. Und sodann zeigte er ihm eine große Ebene von scharfen Steinen, Dornen, Fußangeln, Kot und Wasser; da sollte er bloßfüßig hineingehen bis zum Ende, dort war ein feuriger Ofen schon von weitem zu sehen, in den mußte er eintreten. Als er nun diese Ebene mit viel Angst überschritten hatte und zu jenem Ofen gekommen war, sagte der Engel (das war sein Führer!) zu ihm: ‹Geh’ in den Ofen, es muß sein.› Der Bruder antwortete: ‹O Weh! Was bist Du für ein harter Führer, der Du mich durch diese angsterregende Ebene so sträflich hergenommen siehst, daß ich der größten Ruhe bedarf – und Du sagst: Geh’ in den Ofen.› Als er aber beim Ofen umherblickte, sah er rundum Teufel mit glühenden Gabeln stehen, die nun ihn, der zauderte einzutreten, mit diesen Gabeln plötzlich hineinstießen. Als er nun darinnen ankam und sich umsah, da erblickte er Einen, der einst sein Taufpate gewesen war, ganz und gar brennend; den fragte er: ‹Unglücklicher Gevatter, wie kamst Du hierher?› Dieser antwortete: ‹Gehe weiter, da wirst Du mein Weib finden, Deine Taufpatin, die wird Dir den Grund unserer Verdammnis nennen.› Als nun der Bruder ein wenig weiter ging, erschien die genannte Gevatterin gänzlich brennend, in ein Kornmaß von Feuer gezwängt; er fragte sie: ‹Du unglückliche und ärmste Gevatterin, wie kamst Du in solche grausame Marter?› Sie antwortete: ‹Weil mein Gatte und ich zur Zeit einer großen Hungersnot, welche der heilige Franziscus vorausgesagt hatte, Korn und Futter fälschten, das wir nach dem Maß verkauften; und darum brenne ich, eingezwängt in dieses Maß.›

Da stieß der Engel den Bruder aus dem Ofen und sagte: ‹Bereite Dich zu gehen, denn Du hast noch eine große Gefahr zu bestehen.› Da sagte der Bruder: ‹O Du härtester Führer ohne Regung von Mitleid! Du siehst, daß ich fast ganz verbrannt bin und sagst: komm’ jetzt zu schrecklichen Gefahren!› Der Engel aber berührte ihn und machte ihn gänzlich gesund. Und er führte ihn zu einer Brücke, welche nicht ohne größte Gefahr überschritten werden konnte, da sie allzu schmal und überaus glatt war. Unter der Brücke aber floß ein schrecklicher Strom durch, voll Schlangen, Drachen, Scorpionen und Kröten, mit fürchterlichem Gestank. Der Engel sprach: ‹Geh' über die Brücke, Du mußt es tun.› Er aber antwortete: ‹Wie soll ich da hinübergelangen können, ohne in den gefährlichen Strom zu fallen?› Der Engel antwortete: ‹Komm' hinter mir und setze Deinen Fuß, wo Du siehst, daß ich hintrete, und Du wirst gut hinübergehen.› Er begann also zu gehen hinter dem Engel, indem er seine Füße so setzte wie sein Führer, und kam heil bis zur Mitte der Brücke.

Als er in der Mitte war, da entschwand der Engel im Fluge und stieg hoch auf bis zu einem wunderbaren, in der Höhe gelegenen Ort, und der Bruder sah gut, wie er dorthin flog. Als aber der Bruder jetzt ohne Führer auf der Brücke blieb, und schon die schrecklichen Geschöpfe des Flusses ihre Häupter erhoben, um ihn zu verschlingen, wenn er fallen würde, da war er in solchem Schrecken, daß er durchaus nicht wußte, was tun, da er weder vorwärts noch zurück konnte. In solcher Bedrängnis ließ er sich nieder und umklammerte die Brücke und weil er sah, daß es hier keine Zuflucht gab außer Gott, begann er aus der Tiefe seines Herzens Jesus Christus anzurufen, daß dieser ihm durch sein allerheiligstes Erbarmen zu Hilfe kommen wolle. Und wie er betete, schien es ihm, als wüchsen ihm Flügel und er freute sich sehr darüber und wartete auf ihr Wachsen und hoffte von diesem Fluß weg dorthin fliegen zu können, wohin der Engel geflogen war.

Aber da er es mit dem Fliegen allzu eilig hatte, so ermattete er gleich im Flug, da noch die Flügel nicht ganz ausgewachsen waren: er fiel nieder auf die Brücke und seine Schwungfedern fielen an ihm herab. Sehr in Schrekken klammerte er sich wieder an und bat Christus jämmerlich um Erbarmen. Und wieder schienen ihm Schwingen zu wachsen, aber ebenso wie das erste Mal eilte er mit dem Fliegen, bevor die Flügel fertig waren und er fiel zum zweiten Male auf die Brücke und die Schwungfedern fielen ab wie vorher. Nun erkannte er, daß er durch seine Ungeduld nicht wirklich fliegen konnte und er dachte: ‹Wenn mir zum dritten Male Flügel wachsen, dann werde ich so lange warten, bis ich Kraft genug zum Fliegen habe.› Und es schien ihm, daß unter dem ersten, zweiten und dritten Hervorwachsen der Flügel er an hundertfünfzig Jahre und länger gewartet habe. – Als ihm aber dann schien, daß er jetzt seine Flügel auf's beste hervorgebracht hätte, da hob er sich dieses dritte Mal kraftvoll empor und flog nun selbst dorthin, wohin der Engel geflogen war. Als er nun wirklich zur Pforte jener wunderbaren Behausung gekommen war, sagte ihm der Pförtner: ‹Wer bist Du, der Du da kommst?› Er antwortete: ‹Ich bin ein Minderbruder.› ‹Warte›, sagte jener, ‹damit ich den heiligen Franziscus hole – ob er Dich erkennt?!›

Während nun jener zum heiligen Franziscus ging, begann der Bruder die Mauern der wunderbaren Stadt zu betrachten, und, siehe da!, die Mauern waren von so durchsichtiger Helle, daß er alles, was darinnen war und die wunderbaren Chöre der Heiligen da klar erschaute. Und während er noch schaute, da kam der selige Franziscus, und der heilige Bruder Bernhard mit ihm, und Bruder Ägidius, und hinter Franziscus eine unzählbare Menge von Heiligen Gottes, welche seinen Spuren folgten. Und als der heilige Franziscus herangekommen war, sagte er zum Pförtner: ‹Laß’ diesen herein, er ist einer von meinen Brüdern.› Und der heilige Franziscus führte ihn hinein und zeigte ihm viel Wunderbares. – Alsbald aber nach dem Eintritt empfand er solchen Trost und solche Süßigkeit, daß er aller vorhergegangenen Drangsal vergaß – so, als ob er niemals auf Erden gewesen wäre. – Danach sagte der heilige Franziscus: ‹Es gebührt sich für Dich, mein Sohn, noch einmal zur Erde zurückzukehren und dort noch sieben Tage zu bleiben: während dieser Zeit bereite Dich so gut vor, als Du vermagst: Denn nach sieben Tagen komme ich zu Dir und Du wirst dann mit mir zu diesem wunderbaren Ort der Seligen gelangen.› –

Der heilige Franziscus war geschmückt mit einem Gewand aus den schönsten Sternen, und seine fünf Wundmale waren wie fünf strahlende Gestirne, welche in solchem Glanze leuchteten, daß es schien, als erleuchteten sie jene ganze Stadt. Der Bruder Bernhard aber hatte eine herrliche Sternenkrone auf dem Haupt. Auch Bruder Ägidius war mit wunderbarem Lichte ausgezeichnet. Und viele andere heilige Minderbrüder bemerkte er da verklärt mit dem heiligen Franziscus, die er früher, im Leben, niemals gesehen hatte.

Beurlaubt kehrte nun der Bruder, wenngleich mit Ekel, zur Erde zurück. Und als er zurückgekehrt war, läuteten die Brüder gerade die Prim. Es war also nicht mehr Zeit vergangen als von der Frühmette bis zum Sonnenaufgang, ob es dem Bruder auch wie viele Jahre geschienen hatte. –

Er selbst aber berichtete von seinem Gesicht und von der siebentägigen Frist dem Guardian; und bald danach begann er zu fiebern: am siebenten Tage aber kam der heilige Franziscus mit verklärtem Gefolge von Heiligen und brachte die Seele des Bruders, die in jenem Traumgesicht unter Führung des Engels gereinigt worden war, zu den Freuden der Seligen. –»

Schwer ist der Weg der vollkommenen Minderbrüder gewesen, durch Abgründe der Qual mühsam steigend: denn sie brachen, hierinnen heldenhaft kämpfend, letzte Schwächen in sich auf, während zugleich dortaußen jede Stütze und Erhöhung von ihnen verschmäht ward. Dennoch, wir lesen vielfach am Ende der Lebensgeschichte eines solchen Bruders jene bescheidenen Worte, die das Ungeheuerliche ausdrücken: «feliciter consumavit» – «er vollendete es glücklich». Mögen sie im ewigen Frieden ruhen, diese alten Brüder, in jenem Frieden, von dem sie ein Teil schon in dieser Welt ringend gewannen: und da ging er aus von ihnen, strahlte freundlich und war ein Segen.

Fine

***

Montefal
(Eine avanture)

«Il faut délibérer»
(Wahlspruch des spanischen Ritters Suero de Quiñones und
seiner neun Gefährten bei dem großen Turniere von Orbigo
im Jahre 1434 nach Chr.)

***

«Legeres aller
Legeres aller
Et fair son deber!»
(Ausruf des Heroldes bei dem selben Turniere)

***

Hier beginnt die Erzählung von den letzten Taten und dem Ende des Bannerherren Ruy de Fanez, spanischer Abkunft, will man dem Namen nach urteilen und einigen alten Nachrichten Glauben schenken. Sein Ecuyer oder Schildknappe war Gauvain de Beaujeu, der dem Spanier bei allen Fahrten folgte, um sich so auf die eigene Ritterschaft vorzubereiten. Die Beiden hatten seit Jahren viele Länder durchzogen, waren bis nach Arabien und Indien gekommen, sodann nach langer Meerfahrt wieder in christliche Königreiche zurückgekehrt; Herr Ruy half in Spanien den Herrschern im Kampfe gegen die Mauren und gewann Beute. Unter alledem hatte er den Glanz und die Frauen der Höfe, die Beschwernisse und Entbehrungen der Reisen, den Kampf gegen Menschen und wilde Tiere, die Freuden des Turnierens und die Einsamkeit in Gebirgen und Wüsten zur Genüge kennen gelernt. Dennoch aber blieb dieser Ritter ohne Rast, ja wie ruhelos und immer auf der Fahrt. Zur Zeit der folgenden Begebenheiten aber soll er schon an dreißig Jahre gehabt haben, während der Knappe Gauvain noch in zarterem Alter stand.

***

Einstmals nun, auf einer jener Fahrten, hatte Herr Ruy einen Spielmann von der Burg Montefal singen gehört, wo die Herzogin Lidoine saß, welche man «Herrin des versperrten Landes» nannte; denn ihr Gebiet war zum großen Teile von einem wilden Wald umgeben, der in seinen innersten Räumen einen Drachen barg: so furchtbar war dieser, wie man hörte, daß bis auf den Tag niemand gewagt hatte, den Wald zu durchqueren. Die Herzogin aber hielt ein Gelübde, wonach nur der ihr Gemahl werden konnte, welcher eben diesen Wald durchzogen und hinter sich gebracht hätte: derselbe Mann sollte sodann auch ihrem Lande gebieten. – Als danach Herr Ruy einmal in eine Gegend kam, wo die erschreckten Bauern zu erzählen wußten, daß ein riesiger Drache das Vieh von ihren Weideplätzen raube, da erinnerte er sich jenes Spielmannes und des Liedes von Montefal. Der Sinn des Spaniers stand zwar wenig nach einem festen Ehebunde und seßhaften Leben, sei es auch als Gemahl der Herzogin Lidoine und als Herrscher über ein ausgedehntes und fruchtbares Land; indessen schien ihm hier endlich das wahrhaft große Abenteuer gefunden, welches sein stets müderes und gleichwohl ruheloses Gemüt von Ende zu Ende vergebens gesucht hatte. Er brach mit seinem Knappen alsbald gegen die nahen Wälder auf und sie stießen denn auch nach langem Reiten mit dem Wurm zusammen, dessen Größe und Furchtbarkeit alles weit übertraf, was man jemals von einem solchen Tiere sonst gehört oder gelesen hat. Als nun der Spanier sich anschickte zu kämpfen, öffnete er den Helm, durch die Hitze bedrängt. Da geschah es, daß der Drache feige von ihm wich, denn dieser hatte nie vordem Antlitz und Auge eines Menschen aus solcher Nähe gesehen. Der Ritter aber, anstatt den Höllensohn sogleich zu töten, ward übermütig und schlug ihm ein violenfarbenes und mit Edelgestein übersätes Horn ab, welches jener auf dem Haupte trug. Davon erschrak der Wurm so sehr, daß er schneller die Flucht nahm, als Herr Ruy ihm noch etwas anhaben konnte und durch die Lüfte davonfuhr.

Am zehnten Tage nach diesem Abenteuer gelangten der Spanier und sein Ecuyer an das Ende des Waldes und sie sahen über Tal auf einem Hügel die Burg Montefal liegen, von wo alsbald schöne Trompeten klangen, denn man hatte die aus dem Walde Hervorreitenden bemerkt. Herr Ruy ward als ein Held von der Herzogin Lidoine mit dem Ehrenkusse begrüßt und mit einem Bade sowie reichen Kleidern auf's beste empfangen. Über Tisch aber forderte die Frau von ihm den Bericht seines Abenteuers und der Spanier erhob sich mit höfischer Neigung vom geschnitzten Gestühl, um zu erzählen; inwährend trugen vier Garzune das Horn des Drachen in den Saal und bei Damen und Herren war nicht geringes Staunen über die kostbare Beute. Sodann erfuhr man, wie es bei dem Kampfe zugegangen war und daß der Wurm noch lebe. Mancher bedächtige Mann unter den Hofleuten fand in der Stille unbesonnen, was der Fremde getan, da es diesem anders wohl hätte gelingen müssen, das Scheusal zu töten; als unritterlich aber ward die Tat des Spaniers nicht angesehen. Zudem war man über seine Ankunft hocherfreut und ihm wohlgesinnt. Denn nun schien es gewiß, daß die Ehelosigkeit der Herzogin ein Ende finden würde; das Land aber bedurfte eben so sehr eines Herren als eines Thronerben. Lidoine hatte noch keinen Sohn geboren und nach dem Ableben ihres zweiten Gemahles jenes Gelübde getan, von dem schon erzählt worden ist. Danach waren Jahre vergangen, mit Warten ohne sonderliche Hoffnung. Nun aber eilten Boten in's Land, um die Kunde von dem Erscheinen des spanischen Ritters zu verbreiten, und bald kam der Adel zahlreich zu Hof, der bevorstehenden Festlichkeiten sich freuend. Man wartete indessen damit garnicht bis zur Hochzeit, sondern begann sich alsbald mit Jagden, Gelagen und Ritterspiel zu belustigen. Auch der Spanier trug mehrmals sein Schildzeichen in die Schranken und erhielt als Turnierdank aus den Händen der Herzogin einen schlanken Degen, dessen Griff von Gold und mit seltenen Steinen geschmückt war. Um die Ankunft des Fremden noch mehr zu ehren, erteilte man fünfzig Edelknechten den Ritterschlag, unter ihnen war Gauvain de Beaujeu, der nun neben seinem einstmaligen Herren im Turniere stechen durfte. So ließ man sich's denn am Hofe von Montefal lustig sein, und während jener Zeit, die schicklich bis zur Werbung des Spaniers verstreichen mußte, herrschten frohe Spannung und die Erwartung noch glänzenderer Feste.

Unter all' den Lauten und Fröhlichen aber war Herr Ruy der stillste Mann. Ihm tat sich ein Zwiespalt auf, von dem er zu Beginn dieser Fahrt sich nichts hatte träumen lassen. Sein Herz war für Lidoine entbrannt, er konnte sich's nicht verhehlen; ja, mehr noch, ihm schien es, als sähe er zum ersten Male eine Frau und als würden alle jene, die er früher gekannt, mit ihr verglichen kaum diesen Namen verdienen. Nun hätte er ja zuversichtlich sein können; dem Gelübde der Herzogin tat seine Fahrt durch den Wald Genüge und sie schien überdem nicht geringes

Wohlgefallen an ihm zu finden. Indessen, eine andere Stimme sagte Herrn Ruy wieder Anderes: da glaubte er's deutlich zu spüren und zu wissen, daß sein Weg wieder hinausführen müsse in die weite Welt und er sah sich zu Montefal nur als ein Gast in einer Herberge. Und wenn dann einmal das Drängen seines Herzens über alles siegen wollte, dann faßte ihn die Angst vor Seßhaftigkeit und Gebundensein wie eine würgende Hand und er hielt es für unmöglich, sich irgend einem Menschen auf dieser Welt dauernd zu gesellen. Oft erging er sich durch Stunden einsam in den überaus prächtigen Gärten der Herzogin, unfähig, beider Triebe seines Herzens Herr zu werden und einem von ihnen zum Siege zu verhelfen. Da liebte er Lidoine mit allen Kräften der Seele, da wieder hob sich seine Brust vor Fahrtsehnsucht, wenn er zwischen den Stämmen der Pinien hindurch in das offene Land hinaus sah. Nicht wenige begannen sich über sein fremdartiges Wesen zu verwundern. Lidoine allein, um welche der Spanier viele Stunden des Tages zu verbringen pflegte, schien von solchen zwiespältigen Umständen zu wissen. Denn aus den Erzählungen des fremden Ritters vermochte sie kraft eines scharfen und hellen Geistes wohl zu verstehen, welcher Art der Mann war; und man kann nicht sagen, daß ihr solche Art mißfiel. Sie forderte des öfteren von ihm, ihr einige seiner vielen Fahrten zu berichten, und dem so lange Einsamen entriegelte sich gleichsam der Mund. Unter alledem aber geriet die Herzogin bei verstreichender Zeit in nicht geringere Bedrängnis als der Spanier selbst. Denn da sie nun seines Wesens Art erkannt hatte, auch wußte, daß nicht Schüchternheit ihn von der Werbung zurückhielt, deren schickliche Zeit bereits herankam: so fürchtete sie zum einen Teile von Tag zu Tag, daß jener plötzlich reiten würde, zum anderen Teile aber erhob sich der gekränkte Stolz mächtig in ihr – wozu denn nicht wenig beitrug, daß die Augen des ganzen Hofes auf sie und den Fremden in steter Erwartung gerichtet blieben. Bald auch regte sich unter den anwesenden Großen bei zunehmender Spannung Unwillen gegen den Spanier, der fast zu verschmähen schien, was ihm doch nicht wenige in aller Stille so sehr neideten.

Indessen, Herr Ruy wurde bald jedes Entschlusses enthoben und seinem Schwanken ein Ende gemacht. Eines Tages meldeten die Trompeten wiederum die Ankunft von Reitern am Waldesrande. Die Herzogin aber soll damals zu Ruy diese Worte gesprochen haben: Advenit denique vir, advenit victor – das ist: hier kommt endlich ein Mann und Sieger! – Der Neuangekommene war ein deutscher Ritter, Gamuret Fronauer genannt; diesem war es nach hartem Kampfe gelungen, dem ergrimmten Wurme, der nun den Menschen nicht mehr gefürchtet hatte, die Lanze in den Schlund zu rennen – worauf jener tot liegen geblieben war. Des Hofes von Montefal bemächtigte sich große Bewegung, doch stand man fast einhellig auf Seiten des Drachentöters, dem auch Lidoine alle erdenkliche Gunst erzeigte. – Der Fronauer schien alsbald willens, sich des Preises für seine schwere Fahrt zu versichern und die Herzogin ihr Gelübde nicht vergessen zu lassen: wie er denn auch bei Hofe gleich Erkundigung wegen der schicklichsten Zeit zur Werbung einzog. Herr Ruy aber litt große Herzensnot und was er endgültig verloren hatte, das schien ihm nun das Einzige, welches auf dieser Welt zu erringen ein Ritterleben wert gewesen wäre. Dabei aber entschloß er sich nicht sogleich zu reiten, um nicht auf allzu rasche und fast schimpfliche Weise von Montefal zu weichen; seine Qual aber wuchs mit jedem Tage. Noch schlimmer indessen stand es um Lidoine; denn diese hatte in der Tiefe ihres Herzens noch nicht jede Hoffnung begraben, daß sich der Spanier endlich in letzter Stunde ermannen möchte. An Herrn Gamuret fand sie nur zu bald großes Mißfallen; dieses war ein Mann von hartem Gemüt, der Lidoine wie ein Beutestück ansah, das ihm nun rechtens zufallen mußte. Die Herzogin aber fand sich vor Adel und Volk durch ihr Gelübde unwiderruflich gebunden. Aus solchem Jammer hätte sie nur der Spanier zu erlösen vermocht: dem aber brannten jene Worte «advenit denique vir, advenit victor» wie Feuer im Gemüt und er wandte sich trotzig von jedem Schimmer einer Hoffnung ab. Hinzu trat noch ein unheilvolles Geschick. Der Fronauer hatte eine üble Sitte aus seiner Heimat zu Hofe gebracht: Scharfrennen wurden allgemein, man gebrauchte beim Turnieren nicht mehr die stumpfen Waffen und da sich denn niemand ausschließen konnte und wollte, so trug man bald manchen Herren schwerwund aus den Schranken. Bei einem solchen Stechen nun mußte Herr Gauvain das Leben lassen; der Spanier aber, in großem Zorn und Schmerze, ritt unter anderem Schildzeichen unkenntlich auf den Sand und rächte auf sinnlose Weise, seiner selbst nicht mächtig, den einstmaligen Ecuyer durch den Tod dreier Ritter. So ward Herrn Ruy bald alles in finstere Verwirrung und Trauer verkehrt und er ritt eines

Tages allein von dannen; selbst die Sprache in den Augen der Herzogin, als er den Abschied nahm, verstand er nun nicht mehr: ihr Mund aber blieb von Schmerz und Stolz versiegelt.

**

Wie es denn geht, wenn Einer nach langem Schwanken das eine oder das andere Teil freiwillig oder genötigt erwählt hat: sogleich erscheinen ihm nur die Nachteile des erwählten Weges, den Vorteil aber sieht er ganz auf der anderen Seite – ähnlich erging es dem Spanier. Nun, wo er wieder wie ehemals frei durch das Land zog, war alle Fahrtsehnsucht und Lust nach Abenteuern von ihm gewichen. Vielmehr blieb in währendem Reiten sein Herz nach rückwärts gewandt, nach Montefal, wo er alles gelassen hatte, was ihm teuer geworden war, die Frau und den Gefährten. Maßlose Trauer stieg ihm als finstere Nacht aus der Brust und wer ihn da hätte reiten gesehen, der hätte vielleicht das Kreuz geschlagen, des Glaubens, es sei dieser der Geist eines längst verstorbenen Ritters, der im Grabe die Ruhe vermissend, noch immer durch die Lande zöge: so starr und steil saß Herr Ruy im Sattel, die rote Stechstange senkrecht auf den Bügel gestoßen, die Augen wie die eines Toten, ohne Blick oder Bewegung, in die Ferne gerichtet. Zu solcher Finsternis des Gemütes schickte es sich gut, daß er, ohne des Weges zu achten, wieder in den Wald geriet, aus welchem er einst froheren Mutes beim Klange der Trompeten hervorgeritten war. Die einbrechende Nacht fand ihn schon tief zwischen den Stämmen, das Roß suchte im Mondlicht sich selbst den Pfad. Die folgenden Tage verschlief er zumeist; die arabische Armbrust brachte ihm Vögel, der Wald gab Beeren, das kühle Bad war in Bächen und Tümpeln bereit. Die Zeit verging so, ohne daß er dessen inne ward. Bei Nacht aber sah ihn der Mondschein immer auf dem Weg, er hätte nicht sagen können wohin, aber das «Woher» stand ihm nur zu gut im Gedächtnis. So mied er geradezu die helle Sonne. Sein schwerer Schlachthengst, der Destrier, den Herr Gauvain auf Reisen immer ledig zur Rechten geführt hatte, trug ihn bei solcher nächtlichen Fahrt so sicher und treu wie ehemals im wogenden Gefecht oder zwischen den Schranken.

Einstmals nun, zu mitten der Nacht, ward der Hengst unruhig und Herr Ruy erkannte nicht ohne Grauen, daß er sich auf dem Kampfplatze befand, wo der Fronauer den Wurm gefällt hatte: dessen riesigen Leib sah er im Mondlicht quer über eine große Waldblöße gestreckt, auch im Tode furchtbar genug. Der Drache mochte samt dem Schweif an zwanzig Rosseslängen haben und das Haupt mit dem noch grimmig aufgesperrten Rachen stand höher vom Boden als des Spaniers Pferd. Machtvoll war die Windung des mannsdicken Halses, der nun, gottlob!, von der Bewegung verlassen hingestreckt lag. Über dem gewaltigen Buckel des Rückens hoben sich große Zacken. Herr Ruy ritt bald hinweg, solcher Anblick war zur Nachtzeit nicht gut, auch konnten böse Geister um den Leichnam des Höllensohnes lauern. Nachdem er wieder ein Stück Weges hinter sich gebracht hatte, ward der Mond von den Wolken eines heranziehenden Unwetters verdunkelt und Herr Ruy suchte für sich und sein Roß Schutz unter einem überhängenden Felsen, welchen er am Rande einer Lichtung bemerkte; das Wetter begann denn auch bald mit Blitz und Donner niederzugehen. Mit eins aber, zum nicht geringen Staunen und Schrecken des Ritters, brach da der Wurm unweit zwischen den Stämmen hervor, allenthalben den Wald durch das rote Feuer des Rachens erleuchtend, zusammen mit dem fahlen Schein der Blitze. Der Spanier gewann zur Not noch den Sattel: er wünschte zwar in seinem Herzen den Tod fast herbei, gedachte aber dennoch, sich mannhaft zu verteidigen und, wenn er's irgend vermöchte, des Fronauers halbe Arbeit zu vollenden. Der Drache hatte den Feind bald erspürt und fiel Herrn Ruy wutvoll an, mit Zischen und Pfeifen, als wären Tausend Höllennattern losgelassen: auf's äußerste erbost, jagte er ihn so durch Stunden auf der Waldblöße umher, mit dem beweglichen Schlangenhalse bald da, bald dorthin schnellend. Nur den gehorsamen und raschen Wendungen des treuen und kampfgeübten Rosses war es zu danken, daß Herr Ruy nicht in den schnappenden Rachen geriet. So kämpften sie, als das Wetter längst verzogen war, beim bleichen Schein des Mondes ohne jegliches Atemholen immer fort, während dem Spanier schon der Todesschweiß aus den Gliedern brach. Gegen Morgen aber gelang es ihm, zur größeren Ehre Gottes, dem Wurme im vollen Anlaufe des Rosses die Stechstange in's Auge und durch das Haupt zu rennen. Der Drache fuhr, die Lanze im Haupt, himmelhoch auf und fiel drei Klafter von Herrn Ruy mit solchem Schlage zu Boden, daß diesen die Besinnung verließ und er aus dem Sattel sank. Erst Wiehern und Stoßen des Hengstes erweckte ihn wieder und noch zur rechten Zeit, denn der Wald hatte sich, trotz aller Nässe, rings um den Kampfplatz durch den Feueratem des Drachen entzündet. Der Spanier zog dem Wurm die Lanze aus dem Haupt, wobei sich's denn deutlich erwies, daß diesen der letzte Funke Lebens endlich verlassen hatte. Mit Mühe gelangte danach Herr Ruy in den Sattel und der Hengst enttrug ihn eilends bis zu einem ferngelegenen Weiher, wo beide Erfrischung und Ruhe fanden. –

Danach setzte der Spanier seine Fahrt sehr langsam fort, ritt nun lieber am Tage, nach dem Grauen dieser Nacht. Des Herrn Ruy hatte sich solche Mattigkeit an Leib und Seele bemächtigt, daß er sich selbst einen uralten Mann oder einen Abgeschiedenen zu nennen versucht war: ihn erstaunte fast, daß dies Herz noch immer unter dem Kettenhemd pochte, denn seine Brust schien ihm eingefroren, als ob ein Eisblock zwischen den Rippen läge. Nach langem Reiten hatte der Wald ein Ende und er gelangte wieder in offenes Land. Einstmals nun, als er so trübe seine Straße zog, nur der alten Fahrtgewohnheit gehorchend, sah er plötzlich Einen neben sich reiten, dessen Herankommen ihm nicht bemerklich gewesen war. Der Fremde schien ein Spielmann, Fiedel und Laute sahen aus dem Sack auf seinem Rücken: Herr Ruy aber glaubte nach kurzer Zeit in ihm eben denselben zu erkennen, den er vor Jahren das Lied von Montefal hatte singen gehört; und er erstaunte darüber. Als nun ein Hain mit einer Quelle zur Rast einlud, erbot sich der Fahrende, den Herrn mit seiner Kunst zu unterhalten und der Spanier war es zufrieden und hoffte Erheiterung. Der Spielmann zeigte sich denn auch gut beschlagen und wußte sowohl im Gesange als auch auf dem Saitenspiel vieles schön vorzutragen. Nachdem es nun Herrn Ruy eine Weile erfreut hatte, schlug er plötzlich eine kecke Weise an und sang ein Lied, welches so begann:

Fac – fart – nez
Fac – nez – fart
immer der Nase nach!
Ruy der Kühne
Ruy de Fanez
hat eine Knabenhand
kann nichts halten:
Ruhm nicht, Glück nicht,
Liebe nicht, Macht nicht
mag er verwalten.

Der Spanier ward bleich bis in die Lippen, schlug dem Sänger mit der Faust in die Laute und rief: «Ich will Dich spotten lehren, Du Halunke!» Damit zog er sein Schwert. Auch der Spielmann griff zur Klinge, sie fochten, aber Herr Ruy war erbost und schlug jenem mit einem tückischen arabischen Zirkelhiebe den Degen aus der Hand; dann wandte er sich zornig ab. Nach einer Weile ließ sich der Spielmann vernehmen: «Herr, Ihr sollt mir verzeihen, wenn ich Euch gekränkt habe, was ich mir denn nicht anders zu erklären weiß, als daß Ihr selbst derjenige sein mögt, auf welchen das Lied gemacht worden ist. Ich aber, wahrhaftig!, habe es nur seiner munteren Weise wegen gesungen und weil es eben das Neueste ist, was hier im Lande herumgeht. Sonderbar dabei scheint mir wohl, daß ein Mann mit weißen Haaren wie ihr noch so viel Hitze hat und das Fechten besser versteht als ein Jüngling.» Herr Ruy erstaunte und ward von Grauen erfaßt. Er antwortete dem Spielmann: «Was soll das für ein Geschwätz sein von weißen Haaren, ich wüßte nicht, daß ich weiße Haare auf meinem Kopf hätte.» Der Fahrende entgegnete: «Wie es Euch beliebt – wollt also selbst sehen.» Und damit hielt er dem Spanier einen großen blitzenden Spiegel vor, es war wunderbar genug, woher er diesen plötzlich genommen hatte. Darin aber konnte Herr Ruy sein hageres Antlitz sehen, mit schlohweißem Haar über der Stirne. Gleich darauf war der Spielmann samt seinem Spiegel spurlos verschwunden.

Als nun der Spanier gegen Abend vor eine Schenke kam, verlangte er zum Erstaunen des dienstfertigen Wirtes nicht Wein und Speise; sondern er ließ sich einen blanken Zinnteller nebst zwei Windlichten auf die Kammer bringen und schloß sich ein. Danach verbrachte Herr Ruy die Nacht vor dem Tische, darauf sich die Lichte und die Schüssel befanden. Und er erkannte nun, daß ihn das Leid und die folgenden Schrecken wahrhaftig zum alten Manne gemacht hatten und wußte jetzt, was es mit der Kälte in seiner Brust für eine Bewandtnis hatte. Alsbald aber zog sein früheres Leben an ihm vorbei: und es begann damit, wie er als Knabe den ersten Unterricht in der Ritterschaft und im zarten Frauendienste gehabt hatte; weiterhin schmetterten lustig die Drometten seiner ersten Schlacht; und dann kamen der Fahrten und Gefechte viele, Hörnerruf und Lieder, und alle Frauen traten in seine Kammer, die je sein Auge gesehen und ganz zu Ende kam Lidoine, vor deren Glanz jene verblichen: sie trug aber auf einer goldenen Schüssel ihr Herz vor sich her, welches wie ein Diamant strahlte, so daß Herr Ruy den Blick geblendet abwenden mußte. So zog Vergangenes noch einmal vorüber und er erkannte wohl, daß dieses Leben nun verspielt, versungen, verritten und vertan war. Gesühnt aber erschien ihm das endlich durch eine einsame Mannestat, allein zur größeren Ehre Gottes vollbracht: denn ihren Ruhm genoß ein Anderer und niemals sollte eines Menschen Ohr von jenem letzten Kampfe im Walde von Montefal hören. Da gedachte er auch dieser Worte, die einst die Herzogin zu ihm gesprochen hatte: *So gehet das Leben hin, und wer es reich gehabt hat, der starrt am Ende mit übervoller Brust in den sinkenden Tag; wohin aber mit diesem unserem besten Schatz?* Indessen, Herr Ruy fand, daß es für ihn doch nicht ohne allen Sinn, ja, mit Ehren geendet war. Er lag danach noch etliche Tage in der Schenke auf einem Ruhebette und dachte an vieles, allermeist aber an Lidoine. Sodann brach er auf und gelangte nach langem einsamen Reiten in eine Gegend, wo die Kriegsfurie Dörfer verheerte und den Menschen Gut und Leben nahm. In einer verbrannten Ortschaft näherte sich ihm ein Haufe wilder Gesellen zu Pferde mit gezückten Schwertern. Herr Ruy stieß die rote Stange in den Boden, zog jenen schlanken Degen, den ihm einst die Herzogin gegeben hatte, und warf sich mit dem Schlachtrufe: Montefal! Montefal! den Feinden entgegen. Das Roß zeigte seinem Herrn, was Rennen heißt, und der Anprall war hart. Aber nur kurze Weile blieben die ringenden Klingen über den Köpfen der

Kämpfenden gebunden. Dann sank der Spanier vom Sattel, seine Gegner aber, von einem herankommenden feindlichen Reiterhaufen erschreckt, ließen ihn unberaubt liegen und sprengten davon. Zur gleichen Stunde verschieden Herr Ruy und der brave Destrier, denn auch dieser war zu Tode getroffen.

So endete der spanische Bannerherr Ruy de Fanez im dreißigsten Jahre seines Alters. Requiescat.

***

Anhang

ZU DIESER AUSGABE

Die Wiedergabe von «Seraphica (Franziscus von Assisi)»
folgt einem 43 Blätter umfassenden Typoskript mit hand-
schriftlichen Korrekturen von Heimito von Doderer (Ser.
n. 14.245 der Österreichischen Nationalbibliothek), jene
von «Montefal (Eine avanture)» einem 14 Blätter umfassenden Manuskript des Autors (H.I.N. 223.176 der Wienbibliothek im Rathaus). Das von Doderer im Tagebuch
erwähnte «Seraphica»-Manuskript, eine «100-Seiten-
Reinschrift», konnte für diese Edition nicht berücksich-
tigt werden, da es in den bekannten Beständen des Nach-
lasses nicht enthalten ist.

Der Text der beiden Erzählungen wird hier weitgehend
authentisch wiedergegeben. Lediglich einige inkonse-
quente Schreibweisen (etwa gelegentliche Verwechslungen
von *ß* und *ss*) und Auszeichnungen wurden angeglichen
und offensichtliche Tipp- bzw. Flüchtigkeitsfehler still-
schweigend korrigiert. Auch lautlich nicht relevante
Schreibungen (so *Zeitmaß* statt *Zeitmaaß*, *Thronerben* an
Stelle von *Tronerben* oder *Leichnam* statt *Leichnahm*)
wurden den heute üblichen Gepflogenheiten angepaßt.
Gelegentlich wurden auch Kommata, deren Fehlen den
Lesefluß hätte erschweren können, ergänzt. Die teils un-
üblichen Groß- und Kleinschreibungen blieben dagegen
erhalten, ebenso die Doderer eigenen Getrennt- und Zu-
sammenschreibungen sowie die für ihn typischen indivi-

duellen Auspunktungen. Im Original gesperrter («Seraphica») oder unterstrichener («Montefal») Text wurde kursiv wiedergegeben.

***

Die Herausgeber danken folgenden Personen und Institutionen: den Inhabern der Rechte am Werk Heimito von Doderers, Hannelore und Gustav König (Moosburg an der Isar), für die Erteilung der Erlaubnis zum Abdruck der hier edierten Werke, der Österreichischen Nationalbibliothek und der Wienbibliothek im Rathaus, welche die für die Edition benötigten Originale zur Verfügung stellten, Christiane Veltman (Berlin) und Petra Zebrowski (Bremen) für ihre Hilfe bei der Kollationierung der Druckvorlagen mit den Originalen sowie Mag. Eugen Banauch (Wien), Dr. Gabriele Haybach (Wien), Dr. Gerlinde Michels (Wien), Dr. Wolfgang Schömel (Bremen) und Mag. Stefan Winterstein (Wien) für Hinweise und Ratschläge.

***

NACHWORT

Als Heimito von Doderer begann, sich mit Franz von Assisi (*1181/1182, † 3. Oktober 1226 bei Assisi) zu beschäftigen, führte er alles andere als ein heiligmäßiges Leben. Seit seiner Rückkehr aus russischer Kriegsgefangenschaft im Sommer 1920 verfolgte er, wie eine Tagebuchnotiz vom 12. November des Jahres zeigt, ebenso beharrlich wie selbstkritisch den in Sibirien gefaßten Entschluß, Schriftsteller zu werden: «ich bleibe bei der Stange, bleibe beim Handwerk – mitsamt meinen tiefen Zweifeln, mitsamt *dem immer wieder* und *heftig* auftauchenden Gefühl meiner Unzulänglichkeit – *weil ich nicht anders kann!*»[1] Im Wintersemester 1920/21 inskribierte er an der Universität Wien; Geschichte und Psychologie, so heißt es nach Ende des ersten Semesters im Tagebuch, seien «eine *entsprechende* wissenschaftliche Ausbildung für einen Prosa-Erzähler!»[2] In den nächsten Jahren entstand, neben Studium und ersten Versuchen, als Feuilleton-Autor ein Auskommen zu finden, ein ambitioniertes Frühwerk aus Gedichten («Gassen und Landschaft», 1923) und Prosa («Die Bresche. Ein Vorgang in vierundzwanzig Stunden», 1924).

Während er bereits auf seine zunehmenden Fähigkeiten vertrauen und sich erster bescheidener Erfolge als Autor erfreuen konnte, hatte Doderer zugleich schwer mit sich selbst zu kämpfen, mit Selbstzweifeln bis hin zum Selbsthaß, mit Minderwertigkeitsgefühlen aufgrund seiner finanziellen Abhängigkeit vom Elternhaus und einem angespannten Verhältnis zum Vater. Hinzu traten Komplikationen sexueller Natur (onanistische Episoden, voyeuristische Eskapaden und sadistische Tendenzen), die von schweren Schuldgefühlen begleitet wurden. Sein schwieriges Liebesverhältnis zu Auguste Leopoldine (genannt Gusti) Hasterlik (* 26. Juli 1896 in Wien, † 24. Oktober 1984 in Los Alamos, NM), der Tochter eines jüdischen Zahnarztes und Absolventin der k.k. Akademie für Musik und darstellende Kunst in Wien (mit einer Berufsqualifikation als Klavierlehrerin), beanspruchte überdies eine Menge Zeit und Nerven. Gehörige depressive Verstimmtheiten waren die Folge. Gut möglich also, daß ein Großteil der Tage des angehenden Dichters tatsächlich so verging, wie er es für den 24. Juli 1923 beklagte: «ohne Arbeit, in Melancholie, erotischen Manien, Zeitvertändeln und Unruhe».[3]

In dieser Zeit unsicherer Zukunftsaussichten, schuldbeladener Sexualität und emotionaler Turbulenzen bot sich ihm Franz von Assisi als Identifikationsfigur an. Doderer konnte in der Biographie des Heiligen einige Parallelen zu seinem eigenen Leben entdecken: Wie der «Poverello», von dem erwartet wurde, daß er in den Tuchhandel seines wohlhabenden Erzeugers eintrat, zeigte auch Doderer keinerlei Interesse am väterlichen Bauunternehmen. Und wie der heilige Franziskus, der vor seiner Bekehrung «stets in Freuden und verschwenderisch» lebte, wie es in «Seraphica» (S. 15) recht euphemistisch heißt, sehnte sich auch Doderer nach einer gründlichen Reinigung oder Läuterung seiner – so eine selbstbezichtigende Tagebucheintragung vom 7. August 1923 – «Dreckseele».[4]

Seine Erfahrungen mit den «Hausbestien»,[5] wie er die ihm hauptverantwortlich erscheinenden Gefährder seines Seelenheils nannte, sollten sich späterhin (Juli/August 1924) gar in mönchischen *regulae* niederschlagen, unter anderem «*Vom Sprechen*», «*Von der Reinheit*», «*Von der Liebe*».[6] Wenn Selbsterkenntnis der erste Schritt in Richtung Besserung ist, dann befand sich Doderer bereits Anfang 1924 auf gutem Wege: «Ich *bin nun einmal* unendlich faul, eitel in hohem Maasse, ziemlich verlogen, geil, äusserst genuss-süchtig»; und kämpferisch fügte er hinzu: «wollen sehen, was sich *trotzdem* herausschinden lässt».[7] Wie bedeutend der literarische Ertrag in dieser frühen Schaffensphase tatsächlich war, ist überwiegend erst postum bekannt geworden. Zwischen Mitte 1924 und Mitte 1926 verfaßte Doderer neben einer Dissertation «Zur bürgerlichen Geschichtsschreibung in Wien während des 15. Jahrhunderts» sechs sogenannte «Divertimenti», nach musikalischem Vorbild ‹komponierte› Erzählwerke, die eigens für den (freien) unterhaltenden Vortrag konzipiert waren. Erst mit ihrer 1972 erfolgten Publikation aus dem Nachlaß (zusammen mit den «Sieben Variationen über ein Thema von Johann Peter Hebel») wurde deutlich, daß auch Doderers Frühwerk geniale Momente kennt.

Der im weitesten Sinne als Erzählung zu bezeichnende Text «Seraphica», der hier erstmals der literarischen Öffentlichkeit präsentiert wird, ist im Kontext von Doderers Divertimento-Projekt entstanden. Trotz aller äußeren und inneren Krisen verfolgte der Autor zu Beginn seiner schriftstellerischen Karriere nicht eben bescheidene Ziele: Nicht weniger als die Erneuerung der literarischen Formen stand auf dem Plan: «Was ich denke (unter jener ‹neuen Erzählungskunst›) müsste fast einen Umsturz bedeuten», verkündete er im November 1923.[8] Vorbild für diese ‹formale› Revolution war ihm die Musik. Zu ihr pflegte er – so eine Notiz im Tagebuch vom 3. Januar 1952 – «in den Jahren der Jugend» eine Beziehung «bis zur Verblödung».[9] Doderer erhoffte sich in gewisser Weise die Wiedergeburt der Literatur aus dem Geiste der Musik. Einzig ihr, die seit der kunstphilosophischen Initiative des verehrten «Doktor Schopenhauer» (Dezember 1936) eine immense Rangerhöhung erfahren hatte, war es zuzutrauen, das «innerste Wesen der Welt und unseres Selbst» auszudrücken, wie der Philosoph in «Die Welt als Wille und Vorstellung» (1819) erklärt hatte. Daß dies in der Musik zugleich unter Wahrung strenger formaler Regeln geschieht, muß für Doderer deren besonderen Reiz ausgemacht haben. Wem sich das eigene Leben als ungestaltes Chaos darbietet, für den kann die Frage nach der ordnenden Form durchaus zu einer existentiellen werden.

Erst vor diesem Hintergrund werden die im Tagebuch niedergelegten Arbeitsprotokolle verständlich, die ab Februar 1924 auch «das ‹Leben des hl. Franz von Assisi›»[10] betrafen, übrigens parallel zur Entstehung des «Divertimento No I», mit dem die Heiligen-Erzählung laut Wolfgang Fleischer das «Thema der Reinheit des ureigenen Selbst» gemeinsam hat.[11] Die Absichten, die der Autor mit dem geplanten Werk verband, waren sichtlich unbescheiden: «Ich werde im ‹Cursus› schreiben u. zwar *streng*, höchstens eine oder die andere Variante des ‹*deutschen Kursus*› zulassen. [...] Es soll etwas werden wie eine Kom-

position für Orgel».[12] Schon bald notierte er erste Fort-
schritte: «Gestern beendete ich die Komposition für den
Poverello, samt dem Detail; ich habe in der 4-Satz-Form
komponiert, mit Motivik, etc.»[13] Im Mai dürfte die Kom-
positionsarbeit abgeschlossen worden sein: «Heute
Durchführung von FA beendet».[14] Feinschliff erhielt der
Text Anfang Juni: «Ich *frisiere* FA. indem ich die Reinschrift mache: dieser ‹Franziscus› ist mir ein ganzes kleines Buch geworden.»[15] Ende Juni schließlich konnte der
Autor vermelden: «*Ich lasse Franziscus v. A.* nunmehr als
100-Seiten-Reinschrift *fertig* hinter mir liegen, heute kam
es endlich so weit. [...] Franziscus *(‹Seraphica›)* hat Praelu-
dium und 4 Sätze. Das Prélude im Cursus. Die 4 Sätze *mit
ganz durchgeführter Motivik, Form des Divertisse-
ments.»*[16]
Ohne die stilistischen und kompositionstechnischen
Eigenheiten des Autors überzubewerten, die in seinen
Werkstattberichten zur Sprache kommen, läßt sich doch
feststellen, daß auch die ursprünglich als «Divertisse-
ment» entstandene Erzählung «Seraphica» der von Doderer so geschätzten «Formkraft der *Musik*»[17] verpflichtet
ist. Hierfür sprechen einerseits die geforderte Straffheit
und Strenge im Aufbau sowie andererseits die entschie-
dene Konzentration auf die Ausdruckswerte der Sprache,
letzteres nicht nur im Hinblick auf klangliche Effekte,
sondern offenbar auch prosarhythmische Durchbildun-
gen betreffend. Seine akademischen Studien hatten Doderer mit den Forschungsergebnissen des Philologen Konrad Burdach bekannt gemacht, wonach kunstvolle
rhythmische Gesetzmäßigkeiten der deutschen Prosa aus

dem Vorbild der lateinischen Urkundensprache, dem so-
genannten *cursus*, abgeleitet werden könnten.[18] An die
Stelle jenes «Prélude im Cursus» trat allerdings später die
während Doderers Assisi-Aufenthalt im September 1925
entstandene «Introduction». Doch auch sie kann in ein-
drucksvoller Weise belegen, daß ihr Autor sich einer Poe-
tik verpflichtet fühlt, die höchsten Wert auf eine ‹musi-
kalisch› ästhetisierte Sprache legt. Mit einer späteren
Wortschöpfung Doderers könnte man wohl sagen, daß sie
versucht, «Epiphonien»[19] sprachlich zu erzeugen.

Aber nicht nur Doderers formale Bestrebungen zeugen
von seinen literarischen Ambitionen. Auch sein intensives
Studium der Quellen zu Leben und Wirken des Franz von
Assisi läßt erahnen, mit welch großem Ernst der Autor
sein Ziel, eine Schriftstellerexistenz zu führen, verfolgte.
Die Quellenrecherche begann im März 1924 mit dem
Franziskus-Artikel der «Legenda aurea» («Goldene Le-
gende») des Jacobus de Voragine, einer zwischen 1263 und
1273 verfaßten Sammlung von Legenden über die Heiligen des Kirchenjahres. Es folgte die seinerzeit bekannte
Franziskus-Biographie von Johannes Jörgensen,[20] die der
Autor vor allem auch «als Führer zu den Urquellen»[21] gebrauchte. Bald stand für Doderer fest, daß er sich neben
den Schriften Franz von Assisis (religiöse Gedichte, Gebete, Briefe, Ordensregeln usw.) vor allem auf jene Fran-
ziskusquellen stützen würde, die ihm das geistige Erbe
des Heiligen möglichst unverfälscht zu enthalten schienen,
also nicht «officiell-kirchlich»[22] gereinigt worden waren.
Die kanonisierte Traditionslinie und «deren Repräsen-
tant[en] *Bonaventura*»[23] lehnte er entschieden ab. Die

Quellen, aus denen sich sein Wissen über Franz von Assisi speist, sind daher in erster Linie: die «Vita prima» (1228/29) und die «Vita secunda» (1246/47) des Thomas von Celano, des ersten Chronisten des Franziskanerordens überhaupt (seine beiden Lebensbeschreibungen stützen sich auf zuverlässige Augen- und Ohrenzeugen), die 1246 vollendete «Legenda trium sociorum» («Bericht der drei Brüder», «Dreigefährtenlegende»), ein den Ordensbrüdern Leo, Rufinus und Angelus zugeschriebener Bericht vom Leben des heiligen Franziskus, das um 1330 entstandene «Speculum perfectionis» («Spiegel der Vollkommenheit»), eine von den engsten Vertrauten gedichtete Skizzensammlung zur Lebensgeschichte des Franziskus, sowie die in italienischer Fassung unter dem Titel «Fioretti» («Blümlein des heiligen Franziskus» oder auch «Blütenlegende») bekannt gewordene Sammlung «Actus beati Francisci» («Die Taten des seligen Franziskus»), eine Kompilation erbaulicher Begebenheiten, deren Quellen jüngeren Datums als die des «Sepeculum perfectionis» sein dürften.

Während seines Assisi-Aufenthalts im September 1925, der weniger als Erweckungsreise denn als Belohnung für das bestandene Doktorat geplant war, notierte Doderer im Tagebuch, daß es am Ende nur einen Weg gäbe, «Franziscus» zu erleben: «das Lesen der zeitgenössischen Berichte [...], der Erzählungen seiner persönlichen Gefährten».[24] Seine Wertschätzung der «*alten Legenden*»[25] ist denn wohl auch ausschlaggebend dafür, daß «Seraphica» auf den ersten Blick allen Erwartungen zuwiderläuft, die der erfahrene Leser mit *seinem* Autor verbindet. Erst die Einsicht in die Tatsache, daß sich Doderer bei der Niederschrift nicht nur hinsichtlich der Inhalte streng an die überlieferten Lebensdarstellungen und Legendenberichte gehalten hat, sondern daß es ihm offenbar auch um eine formale Annäherung an die Originalquellen zu tun gewesen ist, eröffnet dem Leser die Möglichkeit, diesem wohl untypischsten aller Werke Doderers gerecht zu werden.

Der Schreibstil, den Doderer für seine Erzählung gebrauchte, ist dem legendenhaften Sujet sichtlich angepaßt. Der erhabene, bisweilen durch manierierte Inversionen und altertümelnde Genitivkonstruktionen überhöhte Duktus zeigt sich nur in diesem einen Werk des Autors. Auch läßt er in «Seraphica» die mittelalterlichen Berichterstatter stellenweise selbst zu Wort kommen. So ist der erste ‹Satz›, der «[d]en Weg bis zur vollzogenen Bekehrung u. deren in Wirkung treten nach aussen» erzählt, wie der Autor in einer erhaltenen Entwurfsskizze[26] vorgesehen hat, mit überlieferten Worten des heiligen Franziskus angereichert. Der zweite ‹Satz›, in dem die Persönlichkeit des Heiligen durch Schilderung seiner Taten und Worte greifbar wird, reiht nahezu ausschließlich und lediglich bisweilen kommentierend vertieft Original-Legenden und Teile von Original-Legenden aneinander, die der Autor aus dem 1898 von Paul Sabatier edierten «Speculum perfectionis», einer Sammlung, die ihm besonders am Herzen lag, ausgewählt und übersetzt hat. Der Eindruck volkstümlicher Archaik, den dieser Teil der Erzählung hinterläßt, wird so vielleicht ein wenig verständlicher. Auch in die zweite Hälfte von «Seraphica» hat Doderer Originalberichte einmontiert, die ihm besonders schön und aussagekräftig schienen. Der dritte ‹Satz›, der das nahende Ende des Ordensgründers und die Sorge um den Erhalt seiner Ideale thematisiert, zitiert etwa eine wundersame Begebenheit aus den «Betrachtungen über die hochheiligen Wundmale» (S. 50f.), die in den erweiterten «Fioretti» überliefert wurden. Der vierte ‹Satz› schließlich, der vom Nachwirken des Heiligen berichtet, bringt den in der Kernsammlung der «Fioretti» tradierten «Traum eines Bruders» in Doderers eigener Übersetzung (S. 54–60).

Im Gegensatz zu Hermann Hesse, der sich 1904 ebenfalls an einer literarischen Franziskus-Biographie versuchte,[27] will Doderer mit seiner Erzählung allerdings viel mehr als nur ein verehrungsvoll-pastoses Porträt des Heiligen zeichnen. Natürlich geht es auch ihm darum, «Franziskus' Persönlichkeit, welche das Christentum auf die Spitze trieb» (Walter Nigg),[28] als die, wie er im Tagebuch formulierte, «schlackenloseste und restloseste Verwirklichung des Evangeliums» herauszustellen, «welche nur überhaupt gedacht werden kann».[29] Vor allem aber zeugt die Erzählung, die in all ihren Teilen mehr oder weniger deutlich die Tendenz der franziskanischen Idee betrauert, in «Erkaltung und Erstarrung» zu verfallen («Erstarrung im Besitz», «Erstarrung im Buchstaben», S. 48), von dem Interesse an einer ins Metaphysische zielenden Fragestellung. Seiner pessimistisch-melancholischen Grundausrichtung entsprechend, deren Hauptkennzeichen es ist, alles vom Tod her zu denken, wandte Doderer seine Aufmerksamkeit während der Beschäftigung mit dem Heiligen einer Anschauungsform zu, die nicht nur entfernt an Sigmund Freuds in «Jenseits des Lustprinzips» (1920) ge-

botene «weitausholende Spekulation» über den Todes-
trieb erinnert. Demnach muß alles, was entsteht, auch
wieder vergehen: «der Zeit und dem Raum verfallen, hat
es den ‹Tod› in sich: es muss aus *erstarrter Gestalt* wieder
zerfallen, zerstäuben bis es seinen Namen wieder verliert,
gestaltlos wird, zurückkehrend *dahin*, woher es gekommen war».[30] Obwohl er erklärt, «kein Philosoph» zu sein
und auch nicht als solcher «dillettieren»[31] zu wollen, ent-
wickelt er ein eigenes kleines philosophisches System, das
von zwei einander entgegengesetzten Tendenzen bestimmt
wird: «*Sehnsucht nach der Gestalt* (also letzten Endes nach
der Erstarrung-‹Verwirklichung›!)» und «*Sehnsucht nach
dem Ursprung* (dem Flüssig-Sein)».[32] So verhalte es sich
mit allem Geschehenden. Und dies sei auch das «Wesen
der Geschichte»: «Und ebenso etwa vollzog sich, was in
Franz v. A. gestaltet und benennbar geworden war.»[33] In
den lyrischen Strophen der «Introduction», die Doderer
auch seinem 1957 erschienenen Gedichtband «Ein Weg im
Dunklen» voranstellte, ist diese Erkenntnis vom Werden
und Vergehen und vom Sinn, der diesen und allen anderen
irdischen Vorgängen nur individuell hinzugegeben werden kann, poetisch ausformuliert.

Weshalb «Seraphica», deren Veröffentlichung als Buch
Doderer am 24. September 1924 ankündigte,[34] seinerzeit
doch nicht erschienen ist, läßt sich nicht mit Sicherheit er-
mitteln. Es ist aber anzunehmen, daß die Publikation aus
finanziellen oder verlegerischen Gründen nicht zustande
kam. Geplant war wohl auch, daß das Werk, versehen mit
Illustrationen des mit Doderer befreundeten Malers
Franz von Zülow (* 15. März 1883 in Wien, † 26. Februar

1963 ebenda) in schöner Ausstattung hätte erscheinen sollen. Dessen Zyklus «Der heilige Franziskus», ein Mappenwerk mit elf handkolorierten Lithographien, war 1922 (ebenso wie Doderers Lyrikdebüt und sein Prosaerstling) im Haybach Verlag herausgekommen.

Auch wenn die Beschäftigung mit «Leben und Wesen des Franziscus von Assisi» (S. 15) sich für Doderers literarische Karriere nicht als unmittelbar förderlich erwiesen hat, so kann sie doch in ihrer Bedeutung für seine Entwicklung als Person kaum hoch genug eingeschätzt werden: Als er am 28. April 1940 nach rund anderthalb Jahren Katechumenen-Unterricht zum Katholizismus konvertierte, tat er dies wohl auch, um ein Zeichen gegen die NS-Ideologie zu setzen, deren Anhänger er etwa seit Beginn der dreißiger Jahre und bis ins Jahr 1937 hinein gewesen war. Er ließ sich auf den Namen «Franciscus Seraphicus» taufen.[35]

✳✳✳

Die «avanture» «Montefal» ist nur wenig älter als die Erzählung «Seraphica». Doderer verfaßte diese kurze Rittergeschichte im Sommer 1922: «Gegenwärtig ist es die abenteuerliche Geschichte des Herrn de Fanez, die mich einigermassen beschäftigt. […] das Ding ist klein, eine Miniatüre – will aber eben darum mit grosser Behutsamkeit angegriffen sein.»[36] Die «Montefal»-Thematik reicht freilich noch weiter zurück. Eine erste Version der Geschichte ist nach Angaben des Autors bereits 1917 in Ostasien entstanden.[37] Die kleine Erzählung selbst, die durchaus als

95

Gesellenstück eines angehenden Meisters gelten kann, ist bislang unpubliziert geblieben. Sie galt lange als bloße Vorfassung des ursprünglich wiederum als «Divertimento» geplanten und 1936 niedergeschriebenen romantischen «Ritter-Romans» «Das letzte Abenteuer», der 1953, zusammen mit einem autobiographischen Nachwort des Autors, in Reclams Universal-Bibliothek veröffentlicht wurde.

Die «abenteuerliche Geschichte des Herrn de Fanez» muß vor dem Hintergrund der Kriegserfahrung ihres Verfassers gelesen werden. Einer der ersten Texte überhaupt, die Doderer nach seiner Heimkehr aus russischer Kriegsgefangenschaft veröffentlichte, war ein kleines Feuilleton mit dem auftrumpfenden Titel: «Der Abenteurer und sein Typus». Dieser Text beschreibt die durch Krieg und Gefangenschaft rebellisch gewordenen Bürgersöhne. In ihnen erkannte Doderer das Auftreten einer charaktertypologischen Konstante, nämlich jene des Abenteurers. Ein Abenteurer, das ist «ein Mann ohne Ziel, ein Mensch ohne Vereinheitlichung des Lebens und ohne Bedürfnis nach ihr, ohne Schicksal, aber mit zahllosen Episoden nacheinander, ohne Zielstrebigkeit, nichts wollend und darum rein, fleischgewordene rastlose Sehnsucht [...]. Kein Verbrecher, aber ohne jeden Grundsatz. Verstrickt, aber nie schuldvoll; untreu von vornherein. Nicht beschwert, zu rascher Wendung stets bereit, er geht seinen Weg und alle Wege und verläßt jeden leichten Herzens.»[38]

Zweifellos auch, zumindest atmosphärisch, inspiriert durch das Gemälde «Der Abenteurer» von Arnold Böcklin, auf das der Autor im Januar 1921 Verse gemacht hatte, läßt Doderer in dieser kleinen Erzählung einen «Ritter ohne Rast» (S. 65) auf Âventiure reiten. Nichts als das «wahrhaft große Abenteuer» (S. 66) im Sinn, mithin – um hier eine für den Autor zeitgenössische Definition des Begriffs zu zitieren – voller Hoffnung auf das «Eintreffen [...] des Jenseitigen, Göttlichen in einem [D]iesseitigen»,[39] zieht der Bannerherr Ruy de Fanez mit seinem Schildknappen Gauvain de Beaujeu in den Wald von Montefal. Den Kampf mit dem Drachen, der hier sein Unwesen treibt, besteht er mit Bravour und schlägt ihm ein Horn ab. Bis hierhin verläuft die Geschichte in vorhersehbaren Bahnen ganz nach dem üblichen Schema. Doch dann erwartet den Ritter am Hof von Montefal die eigentliche Prüfung seines Lebens. Ihren besonderen Anforderungen erweist er sich indes als nicht gewachsen. Aufgerieben zwischen zwei widerstreitenden Sehnsüchten, einerseits dem Verlangen nach der ihm zugetanen Herzogin Lidoine, andererseits dem Wunsch nach Freiheit und Unabhängigkeit, verdunkelt sich sein Gemüt zutiefst.

Jene Unbeschwertheit des Herzens, die der Autor in seinem «Abenteurer»-Feuilleton so vollmundig gerühmt hatte, kommt dem Helden dieser kleinen, aus Motiven des höfischen Epos montierten Geschichte eindeutig abhanden. Binnen Jahresfrist, so hat man den Eindruck, sind in dem zuvor so heroischen Selbstbildnis des Kriegsheimkehrers sichtlich Risse und Sprünge aufgetreten. Der Typus des Abenteurers selbst scheint einer unvorhergesehenen Revision zu unterliegen. Gründe dafür, die wiederum eine biographische Lesart von «Montefal» nahelegen, finden sich zur Genüge in der zwischenzeitlich eingetretenen

Lebenswirklichkeit des Autors. Für deren prägenden Einfluß spricht vor allem auch der Vergleich von «Montefal» mit «Das letzte Abenteuer». Doderer erzählt 1936 im Grunde dieselbe Geschichte, er wandelt sie nur geringfügig, aber entscheidend ab. Offenbar projiziert der Autor, der ja mit dem Adelsprädikat eines Ritters im Namen geboren wurde, seine eigene Lebenssituation auf die Figur des Ruy de Fanez: Ist der spanische Bannerherr in «Montefal», wie Doderer 1922, «an dreißig Jahre» (S. 65), zählt er in «Das letzte Abenteuer», wie der Autor selbst zur Zeit der Niederschrift seines «Ritter-Romans», deren vierzig. Stellt sich dem Helden in «Montefal» die Frage, ob er sich überhaupt binden könne, zeichnet «Das letzte Abenteuer» das Porträt eines vor allem auch in Dingen der «‹Geschlechtspolitik›»[40] absolut desillusionierten Mannes.

In «Montefal» verarbeitete Doderer sichtlich die nervenaufreibenden Erfahrungen, die er in seiner seit Ende Juli 1921 bestehenden Beziehung zu Gusti Hasterlik gemacht hatte. Aus seinem «Bedürfnis […] allein und einsam zu sein um sich zu ‹sammeln› u. dgl. mehr»[41] und ihrer «Tendenz zu einer festen und öffentlichen Verbindung»[42] resultierte schon bald ein dauerhafter Konflikt. Tatsächlich nicht zur «Vereinheitlichung des Lebens»[43] bereit, jedenfalls nicht unter der Voraussetzung einer ehelichen Bindung, beschuldigte Doderer seine Freundin, ein «‹Bürgermädchen›» zu sein bzw. «kleinen bürgerlichen Eitelkeiten» anzuhängen.[44] Als sie sich ihrerseits ganz unbürgerlich für andere Männer zu interessieren begann, wurde er, der seinerseits Affären mit anderen Frauen hatte, von heftigen Eifersuchtsanfällen geplagt.[45] Materiell abhängig von den Eltern und im Bewußtsein seiner «völlige[n] *Impotenz in lebenswichtigen Fragen*»[46] neigte er dazu, seine eigene Existenz innerhalb der bürgerlichen Gesellschaft als minderwertig zu empfinden. Dementsprechend unterstellte er seiner Freundin, den «materiell potente[n] Mann»[47] als solchen seiner eingeredeten ‹Wenigkeit› vorzuziehen.

Die Ähnlichkeit zwischen dieser Beziehungskonstellation und den Entwicklungen in «Montefal» springt ins Auge. In der Figur des Gamuret von Fronauer betritt endlich «ein Mann und Sieger» (S. 70), wie die Herzogin Lidoine bei seiner Ankunft frohlockt, die höfische Bühne. Der deutsche Ritter gibt nicht nur zu Unrecht vor, den Drachen getötet zu haben. Um seiner erborgten Tapferkeit Ausdruck zu verleihen, übt er sich darüber hinaus in lebensgefährlichen ritterlichen Kampfspielen. Und nicht zuletzt verfolgt der Fronauer ungleich zielstrebiger seine ‹geschlechtspolitischen› Interessen, ist Herrn Ruy also auch im erotischen Wettbewerb klar überlegen. Daher bleibt dem Spanier nichts anderes übrig, als beizeiten unauffällig das Feld zu räumen. Stark verfinsterten Gemütes und ohne seinen Knappen Gauvain, der beim Turnieren zu Tode gekommen ist, verläßt er den Hof der Herzogin und zieht wieder als fahrender Ritter durch die Lande.

Was seinem Leben einst Sinn gab, das Fahren ohne Ziel, ist ihm jetzt nichts mehr wert. Da kann es Herrn Ruy (mag er sich auch Gegenteiliges einreden) auch nicht trösten, als letztlich er allein den nach wie vor sehr lebendigen Drachen endgültig besiegt. Welchen Sinn hat diese Heldentat noch, wenn längst ein skrupelloser Konkurrent ihren schönen Lohn in seinen Armen hält? Vielleicht hat

Doderer an dieser Stelle ja an die schöne Kunst der Dichtung gedacht, die ihm zur Zeit der Niederschrift von «Montefal» noch kaum Kapital einzubringen vermochte, nicht einmal ein symbolisches in Form von Anerkennung, etwa durch eine von seiner Leistung begeisterte Freundin.

Daß «Montefal» in erster Linie die literarische Auseinandersetzung des jungen Doderer mit dem von ihm so bezeichneten «Gustikomplex»[48] darstellt, worunter der seelisch zerrüttende Konflikt zwischen dem «‹auf's Leben um der Kunst willen Verzichtenden›»[49] und dem durch die eigene Sexualität Versklavten zu verstehen ist, belegen auch die beiden dem Text vorangestellten Zitate. Sie verweisen auf den spanischen Ritter Suero de Quiñones, an den man sich noch im 19. und 20. Jahrhundert eines Turnieres wegen erinnert, das er 1434 veranstaltete und in dem er sich wacker schlug.[50] Einem Brauch des 15. Jahrhunderts gemäß hatte dieser Ritter eine Fessel als Zeichen eines Liebesgelübdes angelegt, von dem ihn nur ein wohl bestandenes Turnier entbinden konnte. Vor diesem Hintergrund wird der Wahlspruch des Ritters verständlich, in dem in altfranzösischer Sprache die Lösung von den Fesseln beschworen wird: «Il faut délibérer» («Man muss sich befreien»).

Von den Fesseln der Liebe hat der Held aus dem «Ritter-Roman» «Das letzte Abenteuer» sich ein für alle Mal gelöst. Die Figur des Ruy de Fanez ist in dieser späteren Bearbeitung des «Montefal»-Stoffes, die unter den Stichworten «VII. Divertimento (‹Dracheninsel›)» bzw. «Divertimento (Fanez)» im Mai 1935 erstmals Spuren im Tagebuch hinterlassen hat,[51] mit ihrem Schöpfer gealtert. Auch hat der Autor, der Anfang August 1936 in der Hoffnung auf bessere Veröffentlichungschancen im «Reich» nach Dachau übergesiedelt war, den älteren Herrn Ruy mit allerlei deprimierenden Erfahrungen beschwert, die ihn selbst bedrückten. Daß «die mehrmals wiederholte Erfahrung des fundamentalen Unterschiedes zwischen der Vorderseite und der Rückansicht irgendeiner Sache» nicht folgenlos geblieben ist, hat Doderer in seinem autobiographischen Nachwort zum letztgültigen «Ritter-Roman» bekannt, wobei er vor allem «die allmähliche Austrocknung des Sumpfes der Illusionen, die Mehrung zugleich des Schatzes an Desillusionen»[52] beklagte.

Die Lebenshaltung des Ritters Ruy de Fanez, von Doderer ab Anfang September 1936 neuerlich auf «Aventüre»[53] geschickt, ist eine grundsätzlich resignative. Die Erkenntnis seines völligen Alleinseins kommt ihm in brutaler Klarheit. Nur allzu gern wüßte er, worin der Sinn seines Lebens bestehen könnte bzw. ob der Gral noch auf ihn wartet, was er, wie Doderer in «Der Fall Gütersloh» (Wien 1930) prophezeit, «doch letzten Endes immer irgendwo dem Sinne nach» tue.[54] Im Auge des Drachen, der sich hier überhaupt nicht als angriffslustig, sondern als liebenswürdiges und schützenswertes Relikt aus einer dem Untergang geweihten Zeit entpuppt, als ein ähnliches ‹Auslaufmodell› wie der Ritter selbst, in diesem Auge erblickt der spanische Bannerherr schließlich sein ganzes bisheriges Leben und dessen unwiderrufliche Todesverfallenheit.

Zum Ende der Niederschrift von «Das letzte Aben-

teuer», nach etwas über zwei Monaten Arbeitszeit, notierte der Autor in sein Tagebuch, dieses *«Extrem-Diver-*
timento» sei «sehr autobiographisch ausgefallen und als
Description von einem jener zahllosen Abschiede, die
man genommen hat.»[55] Die Abschiedsstimmung ist si-
cherlich auch durch das Leben in Dachau, wo Doderer
sich «völlig isoliert»[56] fühlte, begünstigt worden. Daher
wurde der kleine «Ritter-Roman» auch treffend als «ein
Produkt der Isolation und Depression»[57] bezeichnet. Ab-
gesehen von der andauernden Erfolglosigkeit als Schriftsteller, die nicht eben aufmunternd gewirkt haben dürfte,
fällt in diese Zeit obendrein die erste Enttäuschung der va-
gen kulturpolitischen Hoffnungen, die Doderer, NSDAP-
Mitglied seit dem 1. April 1933, in den Nationalsozialis-
mus gesetzt hatte. Gut möglich auch, daß sich der Autor
durch die Wahl des mittelalterlichen Stoffes aus einer
Gegenwart stehlen wollte, der er zunehmend mißtraute.
Im Zusammenhang mit Gedanken über seinen 1934 ent-
standenen Roman aus dem österreichischen Barock «Ein
Umweg» (München 1940) erklärte er seine Vorliebe für
frühere Jahrhunderte damit, daß diese noch keine «metaphysische Abgerissenheit»[58] aufgewiesen hätten.

Vor allem aber dürfte sich der Autor von einer Vorstellung befreit haben, in der die Frau generell als das schöne
und gute Geschlecht gefeiert wird. Es liegt nahe, als ur-
sächlich hierfür das seine Nerven zermürbende Liebesverhältnis zu Gusti Hasterlik anzusehen, das im Mai 1930 in
einer pro forma geschlossenen Ehe gipfelte, die als solche
jedoch nicht geführt wurde. Aus den diesbezüglichen
Kommentaren im Tagebuch wird nebenbei ersichtlich,

daß Doderers zeitweiliger Antisemitismus stark von einer persönlichen Gekränktheit genährt wurde. So erscheint ihm etwa im Traum «[d]ie grausam jüdische Fresse G's», in der Erinnerung ekelt ihn ihre «widerliche Bestrebtheit», und ein telephonischer Kontakt mit ihr hinterläßt bei ihm Gefühle, «wie man sie bei stark verdorbenem Magen hat.»[59]

Kein Wunder also, wenn sich in «Das letzte Abenteuer» die Sympathiewerte vor allem zu Ungunsten der Herzogin Lidoine verschieben, die als gefühlskalt und berechnend auftritt. Der Drache hingegen, mit dessen Geschichte und Vorkommen sich der drakontophile Autor seit 1927 intensiv beschäftigt hatte,[60] erfährt eine deutliche Aufwertung. Wie Martin Mosebach so treffend geschrieben hat, ist der Drache im «Letzten Abenteuer» «eher der Freund als der Feind des Ritters».[61] Als Prototyp des Antizivilisatorischen, des schlechthin Regelwidrigen, ist er Hüter des letztendlichen Geheimnisses, Gegenstück besagter «metaphyischer Abgerissenheit».

Doderers geänderte Einstellung zum Drachen zeigt sich übrigens bereits 1927 in einer Prosaminiatur im «Skizzenbuch No VII». Darin ist von einem Drachen die Rede, der auf die Ankunft des fahrenden Ritters in ganz unvorhersehbarer Weise reagiert, nämlich gar nicht: «Ein Felszahn, tiefer Wald, mächtige Sonnenwärme angesammelt in Mulden mit Steintrümmern; und Blumen von heftiger Farbe; der leuchtend-schuppige Drache schläft in seine Höhle zurückgezogen. – Da kommt ein fahrender Ritter, dessen Brust ist schon überweit von so viel eingenommener, feurig eingeatmeter geschwungener Landschaft und

Ferne: das Auge greift blitzend, wie ein kitzelnder Degen an die Dinge. Aber der Drache schläft. Der Ritter zieht vorüber. Steine kollern unterm Huf des Pferdes. Der Wald ist tiefdunkel dahinter: jetzt verschluckt er auch Fähnlein und Helm. Es wollte sich nicht öffnen diesmal, das Geheimnis. Der Ritter ist fort, weit fort, weiter fort, hinter dunstenden Hügeln schon. Der Wald rauscht und zittert einmal leise auf und damit ist es vorbei.»[62]

Auch Gamuret von Fronauer, in der Vorfassung ein übler Charakter, tritt in «Das letzte Abenteuer» als erstaunlich friedfertiger Zeitgenosse in Erscheinung. Da die beiden gestandenen Ritter die Werbung verweigern, wofür sie von der Herzogin verspottet werden, bleibt es schließlich dem stark verliebten Gauvain überlassen, in den fragwürdigen Genuß der doppelt verwitweten Herzogin zu kommen. Zuvor allerdings wird der junge Ex-Knappe, der in «Montefal» noch sterben mußte, von seinem vormaligen Herrn über das zwiespältige Wesen der menschlichen Seele aufgeklärt. Die Worte, die der ältere Ruy wählt, klingen wie eine Erklärung des Kernkonflikts in «Montefal»: «Ihr könnt nach einer Frau Sehnsucht haben oder nach draußen, und auch beides zugleich ist nicht unmöglich».[63]

In «Montefal» treten Depression und Seelenschmerz ungeschminkt in Erscheinung. «Maßlose Trauer stieg ihm als finstere Nacht aus der Brust» (S. 72), heißt es da überdeutlich, um die psychische Malaise des Helden zu beschreiben, nachdem er den Hof von Montefal verlassen hat. In «Das letzte Abenteuer» dagegen (und nicht nur dort) vertraut der Autor stärker auf die Verständnisinnigkeit des melancholischen Lesers. Der Trübsinn des Verzichtenden diffundiert hier gewissermaßen in die Welt hinaus, belegt alles mit einem melancholischen Schleier bzw. verwandelt die Außenwelt in eine gleichsam überbelichtete Szenerie. Das Draußen wird zum Spiegel des innerseelischen Zustands. Nicht von ungefähr bekennt sich Doderer in seinem «Autobiographischen Nachwort» auch zur «naturalistischen Technik».[64] Der eigentliche Grund hierfür liegt allerdings tiefer: «wenn man im Stande ist, aus Genauigkeit der Wehmut zu entkommen, wird der Klang ein vollkommener sein»,[65] so heißt es einmal, kurz vor Beginn der Niederschrift des «Ritter-Romans», im Tagebuch.

Die jenseitige Figur des Spielmanns, in der sich Doderer, zumindest in «Das letzte Abenteuer», selbst porträtiert hat, verbürgt die Schicksalhaftigkeit der geschilderten Ereignisse. In der sagenhaften Szenerie, die sowohl historische als auch literarische Motive in eine zeitlose romantische Kulisse einbettet, ist das Ende des spanischen Ritters Ruy de Fanez beschlossene Sache. Die Schlußszene verläuft denn auch in beiden Versionen des Stoffes gleich. Mit dem im Grunde unsinnigen Schlachtruf «Montefal! Montefal!» stürzt sich der schwer depressive Held unvermittelt in den Kampf gegen eine brandschatzende Räuberbande. In dem, was von Ferne wie die Erfüllung des ritterlichen Gelübdes aussieht («‹Den Bedrängten zu helfen...› / ‹Die Witwen und Waisen zu schützen ...›»[66]), dürften psychologisch einfühlsame Leser allerdings unschwer einen als Heldentod getarnten Selbstmord erkennen können.

ANMERKUNGEN

1 Heimito von Doderer: Tagebücher 1920–1939. Hrsg. v. Wendelin Schmidt-Dengler, Martin Loew-Cadonna und Gerald Sommer. München 1996, S. 8. Bei Zitaten nach dieser Ausgabe wurden die darin mit aufgenommenen Streichtexte generell nicht übernommen, Fehlschreibungen Doderers wurden dagegen wiedergegeben. Auf eine Auszeichnung der damit einhergehenden Auslassungen bzw. Fehler wurde zugunsten eines besseren Leseflusses verzichtet.

2 Ebd., S. 39 (26. April 1921).

3 Ebd., S. 137.

4 Ebd., S. 147.

5 Ebd., S. 126 (2. Februar 1923).

6 Ebd., S. 230f.

7 Ebd., S. 174.

8 Ebd., S. 159.

9 Heimito von Doderer: Commentarii 1951 bis 1956. Tagebücher aus dem Nachlaß. Erster Band. Hrsg. v. Wendelin Schmidt-Dengler. München 1976, S. 99.

10 Doderer, Tagebücher 1920–1939, a.a.O., S. 180.

11 Wolfgang Fleischer: Das verleugnete Leben. Die Biographie des Heimito von Doderer. Wien 1996, S. 161.

12 Doderer, Tagebücher 1920–1939, a.a.O., S. 189.

13 Ebd., S. 203 (17. April 1924).

14 Ebd., S. 211 (5. Mai 1924).

15 Ebd., S. 222 (4. Juni 1924).

16 Ebd., S.224f. (24. Juni 1924).

17 Ebd., S.454 (6. März 1932).

18 Vgl. Konrad Burdach: «Über den Satzrhythmus der deutschen Prosa». In: Sitzungsberichte der königlich preußischen Akademie der Wissenschaften 1909, S.520–535.

19 Vgl. etwa die Definition des Begriffs in Heimito von Doderer: Die Dämonen. Nach der Chronik des Sektionsrates Geyrenhoff. Roman. München 1995, S.1212.

20 Johannes Jörgensen: Der heilige Franz von Assisi. Eine Lebensbeschreibung. Kempten u. München 1908.

21 Doderer, Tagebücher 1920–1939, a.a.O., S.194 (23. März 1924).

22 Ebd., S.193 (21. März 1924).

23 Ebd., S.194 (23. März 1924).

24 Ebd., S.296.

25 Ebd., S.200 (1. April 1924).

26 Heimito von Doderer: Studien III. Heft (ab 1921, Mai). Ser. n.14.176 d. Österreichischen Nationalbibliothek (ÖNB), fol. 15r.

27 Hermann Hesse: Franz von Assisi. Mit Fresken von Giotto und einem Essay von Fritz Wagner. Frankfurt a.M. 1988.

28 Walter Nigg: Große Heilige. Zürich 1947, S.33f.

29 Doderer, Tagebücher 1920–1939, a.a.O., S.296 (Sep. 1925).

30 Ebd., S.203 (17. April 1924).

31 Ebd., S.204 (22. April 1924).

32 Ebd., S.205 (22. April 1924).

33 Ebd., S.204 (17. April 1924).

34 Vgl. ebd., S.244.

35 Vgl. Heimito von Doderer: Tangenten. Tagebuch eines Schriftstellers 1940–1950. München [3]1995, S.512.

36 Doderer, Tagebücher 1920 – 1939, a.a.O., S. 91 (3. August 1922).

37 Vgl. Dietrich Weber: Heimito von Doderer. Studien zu seinem Romanwerk. München 1963, S. 64.

38 Heimito von Doderer: «Der Abenteurer und sein Typus». In «Wiener Mittags-Zeitung», 13. Mai 1921.

39 Elena Eberwein: Zur Deutung mittelalterlicher Existenz. Bonn u. Köln 1933, S. 30.

40 Doderer, Tagebücher 1920–1939, a.a.O., S. 65 (3. Januar 1922).

41 Ebd., S. 49 (28. Oktober 1921).

42 Ebd., S. 53 (5. November 1921).

43 Doderer, «Der Abenteurer und sein Typus», a.a.O.

44 Doderer, Tagebücher 1920–1939, a.a.O., S. 53 (5. November 1921) u. 102 (21. November 1922).

45 Vgl. etwa ebd., S. 58–62 (30. Dezember 1921).

46 Ebd., S. 56 (29. Dezember 1921).

47 Ebd., S. 81 (26. Januar 1922).

48 Ebd., S. 115 (4. Januar 1923).

49 Ebd., S. 155 (Anfang November 1923).

50 Vgl. Horst Baader: Die literarischen Geschicke des spanischen Ritters Suero de Quiñones. Wiesbaden 1959.

51 Doderer, Tagebücher 1920–1939, a.a.O., S. 713 (29. Mai 1935).

52 Heimito von Doderer: «Autobiographisches Nachwort». In: ders.: Das letzte Abenteuer. Erzählung. Stuttgart 1953, S. 119–126, hier: S. 119.

53 Doderer, Das letzte Abenteuer, a.a.O., S. 8.

54 Heimito von Doderer: «Der Fall Gütersloh». In: ders.: Die Wiederkehr der Drachen. Aufsätze / Traktate / Reden. Hrsg.

v. Wendelin Schmidt-Dengler. Mit einem Vorwort v. Wolfgang H. Fleischer. München 1970, S. 39–109, hier: S. 108.

55 Doderer, Tagebücher 1920–1939, a.a.O., S. 863 (15. September 1936) u. 872 (5. November 1936).

56 Ebd., S. 853 (28. August 1936).

57 Heimito von Doderer: Notizen zu dem Roman ‹Ein Mord
den jeder begeht›. Hrsg. v. Martin Loew-Cadonna und Wendelin Schmidt-Dengler. In: Der Aquädukt 1763–1988. Ein
Almanach aus dem Verlag C. H. Beck im 225. Jahr seines
Bestehens. München 1988, S. 87–97, hier: S. 88.

58 Doderer, Tagebücher 1920–1939, a.a.O., S. 716 (3. Juni
1935).

59 Ebd., S. 739 (9. August 1935), 741 (4. September 1935) u. 783
(18. Januar 1936).

60 Vgl. Heimito von Doderer: «Die Wiederkehr der Drachen».
In: ders., Wiederkehr der Drachen, a.a.O., S. 15–35.

61 Martin Mosebach: «Der Schriftsteller im Drachenwald». In:
«Schüsse ins Finstere»: Zu Heimito von Doderers Kurz-
prosa. Hrsg. v. Gerald Sommer und Kai Luehrs-Kaiser. Würz-
burg 2001 (Schriften der Heimito von Doderer-Gesellschaft;
2), S. 111–120, hier: S. 114.

62 Heimito von Doderer: Skizzenbuch No VII. 1927. Ser. n.
14.112 d. ÖNB, fol. 13r ff. (Mai 1927).

63 Doderer, Das letzte Abenteuer, a.a.O., S. 39.

64 Doderer, «Autobiographisches Nachwort», a.a.O., S. 125.

65 Doderer, Tagebücher 1920–1939, a.a.O., S. 839 (21. August
1936).

66 Doderer, Das letzte Abenteuer, a.a.O., S. 117.

INHALT

Seraphica
(Franziscus von Assisi)
5

Montefal
(Eine avanture)
61

Anhang
Zu dieser Ausgabe
83

Nachwort
85

Anmerkungen
107